ここはとても速い川

Iko Idogawa

井戸川射子

講談社

目次

ここはとても速い川　03

膨張　89

ここはとても速い川

抜けていった乳歯は昔バザーで買った、カバン型の指輪ケースに入れていってんねん。水色で金色のビーズが付いて、開く音が気持ちいいやつ。溜まったんを両手に出して時々トイレで洗ってるん。福田先生がこの前授業で自分のへその緒を見してくれたけど、あんなんただの黒いかたまりやんな。全部がそろってるわけちゃうけど根もとの尖りがそれぞれ違って、ばあちゃんが見せてくれたことある象牙のブローチみたいな色やわ。「また洗うてる」後ろからひじりがのぞき込んできて「乳歯はもっとねばっとったらええのにな。大人の歯でいる時間が長過ぎるわな」と返す、何で大人になると循環せんようになるんかな。ヤドリギ棟のトイレは学校のトイレの小さいバージョンで男女別、他の二つの棟のは家庭用っぽいねん。最初は一人で行かれへんかった、もう五年もおるから平気やけど、病院のも夜は怖いやろな。「僕のんも今度交ぜとこかな」とひじりが言うから、やめろや、と笑った。個室で座ってするか小便器で立ってするか、ひじりは気分しだいやけど、今日は急いでるから俺が歯洗ってんの見ながら立ってしとった。音が響いた。「もうみんな玄関集まってんで。靴履かな」うん、と返事しながら、台所から一枚ちぎってきといたキッチンペーパーに全部置いて拭く、尖りが引っかかる。奥の歯にいくほど見応えがあって、脇腹に茶色い穴が空いてるんもある、生えてる時は気付かんかったな。前も言ったんやけど、うちの児童養護施設は三棟に分かれて子どもが住んどって、給食室棟とか入れたら五棟の建物が囲むグラウンドは横に広い。全体がまとまりでできあがってるもんで、祭りにしてもそれぞれの棟で列になって行く。ハッピーアワー、ハイボール三十九円やてジュースより安い、と言い合いながらみんなで進む。会場は遠い方の小学校のグラウンドで、暗いから昼より奥行きもあって祭りは中央、出店の周りだけで盛り上がっとった。うちは大きい園やからそら小学校、教室内でも一緒のとこから登校してる子がたくさんいてるし、それぞれが事情あって家族と暮らせてないんや、ってことはクラスの子らも親から聞いて知ってるやろう。自分の名前の由来を聞いてきなさいとかそういう宿題も出たことない。そんなん推理でええもんな、俺かてきっと周りに人が集まってくるようにで、集《しゅう》って名前なんやろうな。校門横の自転車置き場はいっぱい、地域の祭りやから小さい子も多いやんか。子ども乗せがしっかり固定されてる自転車が並んどって、雨避けは立体的なケース、卵のパックみたいやわ。透明な膜でも守られて、カバーされてれば冬でもちょっとはあったかいやろう。こんなんは乗ったことない、と思いながら硬いパイピング部分を撫でてみる。夏はでも、熱がその中でこもって息苦しくないやろか。俺らだけが大人数でかたまりでいて、ライトは高く吊り下げてあって、周りの人たちは家族や友だちの小さいセットやわ。大麦園の子たちは四十分後に校門集合やからね、と叫ぶ正木先生の言葉を聞いてすぐに走り出す。「三百円は少ないわ、夏祭りやったら五百円やわ」と言うひじりの小銭入れは去年卒業してった正弘のお下がりで、そのマジックテープを付けたりはがしたりしながら出店を吟味していく。飾りがビラビラ揺れて、白いテントには大人たちが集まってる。お腹いっぱいになりたかったから百五十円のアメリカンドッグを買った、ちょっと待ったら揚げたてをくれた。並んでる列から外れてかじる、熱いから、唇を付けんように歯だけで嚙む。ロん中で何か当たってスポンジ部分から出していくと、根もとが白なった短い茶髪《ちゃぱつ》の毛が出てきた。引き抜いて、なかったことにするために大急ぎで食べ終わった。浴衣は紺色が多いから人は、出てる肌の部分しか光らへん。スライムが百円やったからひじりと選ぶ。「僕は薄い水色のんにする」と言って、ひじりはその透明の袋に広がってるんを握り込む。横の同級生が袋から出したスライムをもう土の上に落としてしまって、わらび餅やわ、とひじりは両手を太ももに置いて笑い転げるんやった。五十円の、細い缶ジュースを飲みながら提灯の飾りを引っ張ったりする。小さい小さい、ハッピ着た女の子が上向いて、光で見えてる埃をつかもうとしてる。ヤドリギ棟の子たち帰るよ、と大きく伸びてくる上田先生の声が聞こえてみんな集合する。「セージとサフラン待たんと帰っていいんすよね」と確認する上田先生の声は、一人だけ男やから低い。それぞれの棟で別個でええやろ、と朝日先生が答える。暗くて、ふざけると怒られるから帰る列はちゃんと一本、歩道橋は照ってピンクに見える。田んぼの稲はまだ細いから、すき間の水は空と同じような顔してる。

死んでしまったらもう病院から直行して燃やしてもろて、いっぱいの人と同じお墓に入るんや、ってばあちゃんは言っとったやんか。もっと小さかった頃園の遠足で、天王寺ら辺の寺なんか神社なんかに寄ってんけど、入り口にかたまりがあった。近寄ると岩とか、顔のある石とかお地蔵さんが集まった塔やった、鳥居よりも高さがあった。パーツはそれぞれの色や形しとって、でも素材はみんな石で、山みたいにすき間なく積み上げられとった。ロープ一本で囲われてるだけでも触れへんくて、となりの先生に何なんか聞くと「神様とか、死んだ人の魂の集まりみたいなもんちゃう」って言っとった。ばあちゃんはあんな感じになるってこと?ああいう、とりあえず大きさだけでも圧倒してくるもんに?知らん同士で固まって高くして、その中でも大きいのになれたら、すぐ見つけられてきっとええわな。先生を先頭にそこを通り過ぎて進むと人だかりができとって、足もと、地面には大きく正方形の穴が掘られてあるんやった。ちょっとのぞき込んだらもう次の子に交代せんとあかんかった。人の背三人分くらい、深くまで空いてる穴の底は池になってて、水が引いてあって溜まっとった。内側の壁は土のままで不安やわ、こんだけ掘らんと神様みたいなもんに突き当たらんかったんやろうか。大人が二人、池のほとりにしゃがんどんねん。上からやと遠いし顔も見えへん、黒い頭と鼻の出っ張りだけ見えた。白い着物を着とった。客が買ったお札をどんどん池に投げ入れていく。二人は竹ぼうきでそれを手もとに集めて、横に重ねてく。穴はきれいに真四角やけど下の池は小さい、ゆがんだ形しとって、ほとりにしゃがんでる白い着物の体の上に次々お札が舞っていった。上から投げ込む人たちはできるだけ池の中央に入れようと角度を調節してる、池の二人は手もとばっかり見てる。取り切れんかって流されてるままのお札もあった。もう園にはおらん先生が一枚買ってきて、勢い良くその、下の水に投げつけとった。軽いから遠くには飛ばんのやった。

テレビはリビングと低学年の部屋にあって、でも見てると急に親子コンサートとか挟んでくるから気が抜けへん。その点ユーチューブは安心やわ、題名に全部が書いてあって登場人物もまあ少ない、ＣＭも美容のやつばっかりやわ、家みたいな単位はあんまり出えへん。新しい大きいテレビがリビングに来て、リモコンに直接ユーチューブいけるボタンがあんねん。でもユーチューブは危険やから、先生が付いてる時しか見られへん。ヤドリギは一番大きな棟で今子どもは二十何人かおるから、ユーチューブ権っていうのが一ヵ月に一回くらいまわってくる。自分が選んで再生したのがウケてないと恥ずかしくなるから、学校でみんなリサーチしてくる。この前は、ＡＳＭＲっていうのがあるんやんか、人が聞いて気持ちいい音を永遠に流しとくみたいなジャンルで、まず耳かきの音のやつみんなで見てん。まあかわいいユーチューバーがこっちじっと見ながら無言で、耳の模型みたいなん付けたマイクの耳かきしとって、それはみんなで笑ってもうた。女子たちはメモ帳交換しながら見とった。次は咀嚼音のやつ見てそれは、いろんな人が食べる音をマイクでずっと拾ってんねん。ひじりが選んだやつで、みんな無言で見とって途中で消した。ユーチューブは一日三十分って決められてるから、あんなんを延々見てるわけにもいかん。あれは眠れん時とか、物が食べられへんようになった時見たくなるもんなんかな。一緒に見とった上田先生はこれは、誰が聞かそう思って最初に始めたもんなんや、って横の女子に聞いとった。ひじりは結構一生懸命見とった。俺は映画が好き、愛や友情が次々流れてくる。新しい人物が出てくるたびに、いい人悪い人を見分ける練習するようにしてる、登場の仕方をよく見るんが大事と思う。祭りの手作りスライムは、ユーチューブで見るやつよりゆるめにできとってゴミばっかりくっ付くわ、手のすき間を縫ってくわ。百円やから大概の子が買っとって色とりどり、部屋を水っぽく、塩素くさくしてる。

女子高生に何かしたらしい犯罪者の名前がニュースに映って、正木先生は「パイプカットしたったらええねん」とかすかに聞こえるくらいの声を出す。左手に持つペットボトルに、またつばを吐き出す。これがピッタリ、とゼリー入りのジュースが入っとった口の広い、短いペットボトルに靴下みたいなんでカバーがしてある。最初はティッシュに捨てとったけど、もったいないからペットボトルが一番やねんて。目で追うと視線が合って「吐きづわりは終わったけど、まだつば出るわ。生み終わるまで続くんやわ」と先生は情けないような顔する、薄ピンクのカーディガンの下に黒いキャミソールがはっきり透けてる。正木先生のお腹はどんどん大きなってきてて、よだれづわりなんやってみんなで説明を受けた。自分のつばのほとんどを痰みたいに感じてしまって、気持ち悪くて飲み込めへんらしい。痰になってるん?て聞いたら「吐いたら盛り上がっとる、白い泡あわやわ」って言っとった。ペットボトルに溜まったやつは帰ったら家で捨てるんやて。持つ手には、これなあ、フルエタニティのダイヤなん、って女子にはめさしてあげとった指輪が、薬指で波打っとる。何であんなん勤務中にも着けてるん、と朝日先生らが陰で言ってる。ニュース、何人かで集まって見とったから正木先生は見渡して、女子なんか半分が、中学生までに性被害に遭うんやからね、と報告するように言った。さっき切った爪はまだ馴染んでへん、なめらかにするように指先をすり合わす。

祭りの夜に通った時には気付かんかった、田んぼの隅を見ると余った稲が捨ててある。多かったんか、下のベージュのシートも付いたまま集まっとって、裏返しに置いてあった。乾いててでもまだ緑で、植えたらだいぶ面積取るんやろう、大きいシートは高野豆腐みたいやった。横に生えてる苗とは色も向きも違ってしまった。そのまま斜め左に進んでいくと淀川がある。子どもだけで行っていいんは河原のグラウンドまでで、でも今日はサッカークラブが広く使っとって場所取られへん。川岸まで下りるんは大人がおらんとあかんって言われてるけど、安全な場所は園の先輩らが代々教えてくれてる。幅の広い川で、向こう岸に渡ろうとは思ったことない。足もとはいったん体重かけて確認しながら、陸が続いてる部分まで進んでいく、木は信用ならんから踏まんようにする。川の深いところを挟んで向こうの、太く曲がった木の枝に亀が五匹おるのにひじりが気付く。どうにも渡れん部分があってそこまで手は届かへん、今日は曇りやし、岸辺の水は動きがなくて何か怖い。「おるな」と返事すると、ひじりはユーチューブ見てる時よりも真剣で、「喋らんで、逃げるかも」と言い姿勢を低くして見てる。「遠いから大丈夫やろ」つられてよく見て、甲羅を黄色い線が囲んでる。ここからやとよう見えへんけど、模様は一匹ずつ違ったりするんやろう。拳くらいの亀たちはそれぞれ、別の方向《む》いて体を乾かしてる。一筋違えば水は速くて、亀の方が流れよりもちゃんと重いんやろうか。「甲羅触ったらどんな感じやろ」「ちょっと柔らかいんちゃうか、やっぱり」水族館の触れ合い水槽のんを撫でたことある気がする、ヒトデはいろんな手に持たれた後投げ入れられとった、裏側はよう触らんかった。お近付きになりたいな、とひじりが言うので、近くに石投げてみよか、と答える。「当たったら危ないやろう」ひじりの髪は汗で濡れながら重なり合ってる。熱心に見てるから、俺は草が日に照らされるにおいをかぐだけになった。暑さが首もとの、日に当たってるところから広がってくる、亀もそうやろか。「エサなら投げてもええんちゃうか」と言うと、ひじりは目を大きく開いてうなずく。ペットショップ行ってみよや、とひじりが言って、あれ何亀やろ、亀って何食べるん、と話しながら早足で向かった。上がる階段は錆びてるけど、中は明るくて店員は驚く程いた。爬虫類の餌はカラフルなんとか茶色のフレークで、となりには亀用のゼリーがあって、それは凍らしてもおいしそうな薄黄色いミニゼリーや。「見て。やみつき、夢中、トリコ、とにかく最高、やて」と値段の横のカードをひじりが指差す。絶対喜ぶ、と二人で言うけど、安い方でも消費税入れたら三百何十円か、おしゃれな袋のんはバナナ果汁入りで六百円くらいになるわ。ひじりはポケットからノート出して、真ん中らへんを開いて値段をメモしていくんやった。反対側にあるカブト虫用の枯葉マットは、形の整った葉っぱが袋に詰まってる。これを敷いてないとボクたち起き上がれないんだ!と、カブト虫の写真にセリフが付いてる。それは大事なことやろうに、誰も教えてくれたことないな。ひじりがノートに書き終わって、あんなん買わんでも炊いた米とかでも食うやろか、乾いたパンでもええかもと言い合いながら外へ出ると、中はきれいでもやっぱり生臭かったんやなと思った。今度川に行く時は夕ご飯のお米ラップに置いといて持ってこ、とひじりが言う。

稲の奥の、まだ小さくて何か分からんかった茎はネギになっとった。ピノサンテっていう二階建てのアパートが園のすぐそばにあって、ずっと気になっとってん。門とかはなくてすぐに壁と玄関が続いとる、廊下にも自転車がすき間なく並べてあって、色違う蛍光灯は昼でも光ってる。部屋は大小あるんちゃうかな。大きい方のベランダに干してある、色あせたスティッチの薄いバスタオルは、包まれても心もとないやろう。「ここの建物いつものぞいとんね」と言うひじりに「何か、俺が住んでるとしたらこんなアパートやろうなと思って」と答える。一回入ってみいひん？と言われて、それは考えたことなかった。音を立てんように姿勢を低くして、廊下を進んでみる。「ここ基地にしようや。誰も怒らへんようなとこやん」とひじりが言った。玄関は左右に五つずつあって、突き当たりには後から付けたみたいな、曲がって上がる階段がある。折れ曲がりの踊り場の下は土で、まっすぐ伸びた紫の花が何本かかたまって咲いてる。階段が屋根みたいになってしまって、横は開いとっても太陽は当たらんのちゃうやろか。狭い幅の場所で、他の背景は枯れた木の枝の山と誰のか知らん水色の傘とかや。長く斜め上向いてる茎を触ると、細かい粉が指に付く感じがした。廊下は水が腐った、それにクリスマスにいつも一人二枚もらえる生ハムが混ざったようなにおいがしてる。タイヤが積み上がってる。「基地いうても座る場所もないわな、この階段かなあ」と話し合って、下の段にじっと座る、使える電気も水もない。何、と前のドアから声がして、若い男の人が出てきた、こんにちは、ととりあえず礼儀正しくした。開いたドアのすき間からは、大きな鏡が見えてこっち向いてる。「このアパート、住んでないんですけど入ってみたんです」とひじりは男の人に言う。ふうんと答えながら頭をかいて、中入る?と聞いてくる。どうしようか顔を見合って、まあ背も低いし大丈夫やろう。棚に物が積み上げられてる、テレビは銃を構えたゲームの画面で止まっとった。ひじりが座る時はいつも紙が擦れる音がする。名前と学年を言うと、男の人は俺は大学生だけど今はバイトばっか、と答えた。ゲームのユーザーネームはモツモツ、とカタカナで書いてあった。モツモツの手は止まってるから画面の中で銃を持つ後ろ姿は息だけ、肩の上げ下げをくり返してる。バイト何してるん、とひじりが聞くと「チェーンのパスタ屋」と答えて、芋食べる?と立ち上がった。平たい皿にのったぶつ切りのじゃが芋と、インスタントラーメンに付いとる薬味みたいな小さい袋を持ってこっち来る。表面に5gって書かれてある白い粉や。シンナーや、と俺が言うと「え、違うだろ。シンナーってこんなんじゃなくない?知らないけど」と答えてモツモツは芋に振りかけた。「パスタ屋の厨房のバイトなんだけどさ。チェーン店だからもう全部決まってて。塩とか出汁とかはこういう風にグラム書いて分けてあんのが来んのよ。この塩が何か美味くて、バイトは時々内緒で持って帰ってるんだよね。野菜炒めに入れたり」そう言いながら黄色い皿を一人で抱えて食べ始める。食べてしまわんように、ひじりに小さく首を振る。「5gのパック一つやろうか?」と聞いてくるから「俺らあそこの施設に住んどるから使わへん」と断る。「近くの、あの大きいやつ?」と聞かれるのでうなずく。そっか、とモツモツは言って「パスタ屋のバイトいいぜ。まかないでパスタ四百円」めっちゃええなあ、僕ならクリームパスタにするとひじりが声出す。「カニのクリームパスタとかあるから。でも汚ねえ水に手突っ込むんだよな。でかい流し台に水張って、下げてきた皿をいったんそれに浸け置きしていくんだけどさ、クリーム系よく出るから濁って沼みたいに何か浮いてて、コップもそんなにおいする」お腹が空いてきたから、芋やっぱええ?と言って皿から一つつまむ。確かにいつものとは違う気する。ひじりも食べて、スパイシーやな、と言った。「流し台なあ、感触とかじゃなくて、このクリーミーな汚い水に手入れてんだなっていう意識だけでもう吐きそうになるんだよな」ひじりが「パイプカットって何か知ってる?」と聞くとモツモツは「ええ。ちんこにつながるどっか切るとか、結ぶとかして?精子が出なくなるようにするんじゃないの」と答え、俺とひじりは想像して無言になった。何でパイプカット、と言ってモツモツはまた芋を口に入れた。窓のない方の壁に、マス目のある長方形の紙が貼ってあって「お母さんはここで誰かとデートしてもう誰だったか忘れてしまった」と書いてある。あれ何?と聞くと「最近読んで気に入った短歌。書き写した」短歌好きなんだよなあ、とモッモッは言った。「短歌は、百人一首のやつやで。どういう意味?」とひじりは自分の足首を撫でた。「これはたぶん、昔は私、っていう役だけだったんだよ。まあ、娘とかもあっただろうけど。子ども生んでお母さんになっちゃって、私、の頃デートした相手と場所なんてもう忘れちゃってて、でもそれでやっていくしかないって歌なんだよ、たぶん」「どんなデートやったかって忘れてまうもん?」俺は忘れない、とモッモッは真面目に言った。また来る約束をして表札は正面玄関、ポストを探しても見つからんかって、モッモッて呼ぼか、とひじりとの間ではなった。

湯船に入ると俊《たかし》らが両手でゆっくり顔こすってる。何してんの?と聞くと「鼻の横からこすっていってみ。手あったためた方がモロモロ出てくるわ」と言うので指の腹でやってみる。先のすぼまった形に白いのが出てきて、めっちゃ、こんなに、と見せ合う。どっかに流れてくけど、次に順番で入ってくる低学年はどうせ分からん。どの部屋もドアはちょっと開けて寝るんが決まりやから、夜まだ眠れへんかっても電気とかは点けたらあかん。朝日先生がまわってきてくれて、ベッドそれぞれに暑くない？と声かけしてる。ちょっと暑い、と言うと先生はベッドの柱に巻きつけてある小さい扇風機を、もっとこっちに向けてくれた。トイレに行きたなって起きる、低学年の大部屋の前まで来ると引き戸のすぐそば、布団敷いてないとこで人影が二人座ってる、正木先生の声がする。「乳首に何か当たるたびにかゆいなんて、膨らみ始めた時以来やわ」次の足音を強めに踏むと、そのまま顔出してくる。「集君、おしっこ？」そう、と息だけで言って「声で起きてもた」と続ける。ごめんやで、と返事して正木先生は静かになった。電気で、台所の短いカーテンは青なってる。一番手前の便器に立って思ったよりも少ししか出えへん、先生の正面に座らされとったんは、あれはひじりやったな。帰りに横切るともう座る影はなくて、みんなの布や脚が折り重なって、見たことないけど乾いた砂漠やわ。いつもみたいに毛布は丸めて犬みたいにして、お腹の上で抱いて寝る。

　ひじりのクラスの終礼は長い、先生がプリント配るん遅いからやわ。うちのクラスみたいに前の席の子に手伝わせな。廊下で待ってる子たちは窓の外見たり教室の中の子に合図送ったりしてる。俺は今週の学年通信を読む、紙の表面も、近付いて見ると波みたいやな。席から目が合ってひじりは嬉しそうな顔する。帰りながら、「誰か待ってる思うと焦ってしまう、先生呪ってまうわ」と笑う。「正木先生、何か乳首の話しとらんかった？」と聞くとうん、とうなずく。「お前の乳首なんか知らんてな」「でも昨日はみんなにお腹見せとってん。正木先生が寝かしつけでな、これが妊娠線よ、いうて女子たちに」「妊娠線って何？」「説明よう分からへんかった。膨らんででできてまうひび割れみたいなん、赤かった。何かメリメリって感じで線入ってんねん、赤い網にお腹が入ってる感じ。肉割れみたいなもんよ、皮ふが成長に追い付かんからよって。気持ち悪いから男子は遠くから見とって、女子はお腹もうこんな大きくなってんねや、って触ってた。うちのお母さんにもこんなんあるん？って聞いとった」「お母さんみんなあるん？」「なる人ならん人おる、って。私も妊娠分かった時からちゃんとクリーム塗っとったのに、って言っとった。せやから乳首はその続きの話なんかなと思った。けど僕にしか言わんしな、僕だけ起きとったからかな」高学年の子から部屋が割り当てられていって、二段ベッドのある四人部屋が二つ、男女別にあって俺は今年からそこ入れた。残りの小さい子たちは男女関係ない大部屋に寝る。年上からベッド取っていくから俺はまだ一段目で、みんな気軽に座ってきて砂が気になる、中学生はテスト勉強とか部活あるから二人部屋になる。今年は高校生は一人しかおらへん、蛍光オレンジのナイキ履いてる、卒業したらどこか行く。大部屋は先生が寝かしつけで一緒に布団敷いてんねん。去年まではひじりと大部屋で一緒やったけど、俺はベッドになって離れてしもたから今はずっと付いとってあげられへん。「大丈夫、全部ノートに書いといてるから」と、ひじりは寄付で来たおそろいの小さいノートをしならせる。じゃんけんで勝って早めに取れた、ちょっと高い無印のやつや。ひじりは広がった襟もとの汗を、手をワイパーにして拭う。帰り道の、ここまで来たらちょうど半分てところの、黒い鯉が泳いでる溝に今日はおらんかって、抜けた草だけたくさん浮いてる。「集君おばあちゃんのお見舞い行ってるん?」最近よう行ってる、とうなずく。「おばあちゃんに引き取られたりするん？」「無理やろ、入院ばっかりしてるから。ばあちゃんの体が強くてお金があったらな、ごめんなあって言っとった。園とは今までもやり取りしとったらしいけど、赤ちゃんの頃を数えへんかったら俺とばあちゃん、まだ会って半年くらいの付き合いやで。覚えてへんし、おるかどうかもぼんやりやったもんな」ひじりの父さんは入所した時から何やかんやで面会に来てくれてる。心の病気やねん、とひじりは言うけどそんなん外側からは分からへん。俺が「学級文庫にや、ベーブ・ルースの伝記あんねん、漫画の。グレてしまってるから最初の方はかわいそうで、野球選手になれてヒーローなって、でも遊びまわって体壊したりすんねん。何でやねんベーブ気付かんと、ってなるで。漫画の伝記シリーズつらい瞬間多すぎなんな、死ぬ時はみんな笑ってるけど」と説明すると今度読んでみたい、とひじりは言う。ベーブ・ルースのは何回も読んでるからベーブの、ここが一番しあわせな時っていうページは分かってしまってて、その辺りばっかり読んでまう。俺は給料で赤い自転車買えた時でもホームランでもなくて、初めて力が認められて褒められた二十八ページのとこやと思ってるけど、見る人によっては違うんかもしれん。「正木先生、寝る時もつば吐いてる、一分に一回くらい。夜はペットボトルちゃうくてレジ袋やで。暗くても開け口広いから」とひじりが教えてくれる。二人の間で流行ってる、片足だけ強く踏み出す歩き方で帰る。

枕もとには消臭ゼリーの丸い粒が、曇ったケースの底にひしめき合ってる。お見舞いに来始めの頃はまだその中は満杯で気泡も泡立っとった、傾けると上の方のだけ自由に揺れとった。今は数もにおいも減ってしまって、その少ない粒と、窓に浮かぶ蛍光灯の眩しさの線だけが病室で光ってる。「この前参観日やってん」と言うとばあちゃんは「行ってあげられへんでなあ、こんなおばあさんやと恥ずかしいわな」って答えた。「恥ずかしくないし、ええねん、もう五年生やから親なんて誰も来てへんし」それは言い過ぎやけど、大きくなるにつれて廊下に並ぶ母親たちの数は減っていって救いやわ。「俺も今年から四人部屋やねんで」と言って見回す部屋はみんな出払ってる。「ばあちゃんと同じやな。あげたウォールポケットは使うてる？」昔ばあちゃんが作ったっていうウォールポケットは着物の帯でできとって、全体の黄緑に金と赤色の六角形の柄が広がってる。三段のカラーボックスが自分の荷物入れやから、押しピンで留めて正面に垂らしとくと収納が倍くらいになる、元が帯やから長い。俊に、何これババくさ、て言われてつねり合いになった。大きい動作やと誰かに言いつけに行かれるから、二の腕つまんで横にひねると俊はやっと謝った。「大きさちょうど良かったし、棚の目隠しに使ってんで。買ったスライムとか入れてる」と答える。検査か何かでばあちゃんが部屋から連れてかれて俺は待ってる。ベッド脇の、ばあちゃんの私物の棚の引き出しを下から開けていってみる。真ん中のんには紙の束が入っとって、手に持つと砂っぽい。めくっていくと知らない人たちからの手紙、一番下のは結婚式の招待状やった。入ってるんは白いカードで、真奈はお母さんの名前やな。式の日付とか書いてあるけどそれはどうでもええ、写真が一枚挟んである。横長で、マルバツゲームでもしてるんか二人は楽しそうに、両手で大きくバツ作ってる。お父さんは鼻の前でやってるから目もとしか見えへん、笑ってる目は俺に似てる気もする、お母さんの頬はピカピカや。司会の人が多面の窓に何人分も反射して映る。写真だけ抜き取って、急いでカバンを開けてクリアファイルにしまった。ファイルは園に束で送られてきたやつで、上戸彩がスーツ着て、まっすぐな人差し指立てて笑ってるわ。最初ばあちゃんに会った時に「あんたのママやらの昔の話はもうあんまし覚えとらんからね」って言われてしまったけど、時々思い出したことだけ教えてくれる。ばあちゃんは同じ説明をくり返す、直に触れへん、確かめようもないことばかりやわ。「あんたのママはええママよ、そらもう一生懸命働いて。あんた最初に覚えた言葉、バーバイ、やもんねえ。短い両手挙げて。保育所着いたらそう言っとったんやもんね」「誰かお母さんを助けてあげられへんかったん?」って聞いたら、置いていかれた仲間のばあちゃんは黙ってしまったな。そのまま静かなんが続くから、助けられへんこともあるよな、分かるって言ったらばあちゃんは思い出したんを忘れんうちに、って感じで慌てて「あんたとママと三人で道歩いとってん。そしたら乳母車にわざと当たってきたおっさんがおった、ママはすごかったんやで。乳母車からあんた担ぎ上げて重たいんそのまま、カーリングみたいに車輪で勢い良く転がして、おっさんに当ててな。乳母車はほんま邪魔なもんやんなあ、でもそれあんただけの便利で言ってるんちゃうよな、って大きい声で言いながらな」と言った。「おっさん仕返ししてきたんちゃうん」と聞くとばあちゃんは、してきたやろねえ、と微笑んどった。片手に俺がいたら、そら戦いにくいやろぅ。看護師さん二人に連れられてばあちゃんが戻ってくる。運んで寝かせてくれて、俺も一応立ってる。消臭ゼリーの瓶は底が丸くて手にちょうどいい、ずっと持ってる。二人に戻って「若い方の看護婦さん、あんなかわいくて明るくてなあ。かわいいから明るいんやろけどな」とばあちゃんは個室に分けとるカーテンの丸い金具見上げて、嬉しそうにした。ベッドが窓ぎわで良かったわ、と言いながら、あっちの病棟が見えるだけの四角い窓の方を向いてる。ばあちゃんのぶ厚く丸まった体の、背景として眺める。「あんた、生まれるまで股をぴっと閉じとったから男や女や分からんかって、生まれた時やっと男やて知ってな。その頃はもうお見舞い来るんはばあちゃんだけやったから、ママは白い病室でずっとあんた抱いとったわ。良かったたねえ、悲しいことは起こりにくい。こんなに血を出さんでも、自分の子どもに会えますわ。母港や母国の母の字の、一部にならんでええんやわ。男は体も丈夫やわ、って節つけて言っとった」ばあちゃんが細い腕伸ばして、俺の頬と耳の間を触る。「子どもはすぐ湿気でぺたぺたするわ、水気が多いからやろか」横の人の枕もとには、花瓶に花が組み合わされて立ってる。ばあちゃんの両脚が毛布にくるまっとるから、布の上から脚の輪郭全体なぞってみる。ばあちゃんはさっきの引き出しを開けて、チョコがしみたお菓子をくれた。小分けにしたチャック付き袋は、使い込んであって白なっとった。

朝休みの、まだ暗い廊下を歩いてるひじりに会った。「保健室の前のポスター違うやつになってる」と嬉しそうに言うから二人で見にいく。アルコールの被害を受けて黄色くなってしまった肝臓のんから、タバコのせいで変になった肺の説明になっとって、ポツポツしとる、と言いながら熟読した。「中が全部見えとったら、体に悪いことなんかせえへんねやろか」と言って顔を離したひじりはもう読み終わったみたいで、並ぶ保健室だよりの向きをそろえ始める。しながら、マンモグラフィーてあるんやて、とひじりが呟く。知らんそれ、と返事して、一日にタバコ十本×五十年の、青と黄色が平行に横じまになった肺は、丸く切り取ったら木星の色違いやわと思った。横の一日六十本はただの紫のかたまりやった、内臓は、水できれいに流せもせえへん。ひじりは短パンのポケットから無印のノートを出して「マンモグラフィーはな、おっぱいの検査やねんて」誰かの肺はどうでも良くなって、また正木先生か、と聞く。うなずいて、大きな機械の前に上半身裸で立って、重い板二枚で片胸ずつ薄く伸ばして撮るレントゲン検査。胸にしこりができてそれは良性やからセーフやってんけど、若い時でおっぱいにハリがあるから痛かった。縦から横からつぶされて、つらくて動いたらやり直し、弾けるまでやられるんかと思った。年取ってから再検査でやったらもう痛くはなかった、と読み上げる。「メモ、完璧やな」と言うとひじりは少し嬉しそうにして「記憶しといてトイレで書くねん」と答える。ひじりのとは違ってこのノートは、夜に思い出してまとめてるから俺の言葉に変えてしまってることも多い。ベッドで辞書引きながら書いてる。「おっぱいとか言うなよな」「僕の前では胸のことおっぱいって言うし、これ何で僕に言うんやろう。女友だちみたいに思ってるんかも、もう」そう思ったら諦めて聞けるけど、とひじりは言い、「そんなん、ちゃうんやからあかんやろ」と俺は言い返した。「何でひじりになんやろうな」「分からん、でも前、私のお兄ちゃんに似てる、って言われたことある」ノートはまたひじりの、そのせいで伸びてしもてるポケットに戻った。「俺な、昨日も一昨日もピノサンテ行っててん」「モッモッんとこ?」「別に家にピンポン押しにいくわけちゃうくて。モッモッの玄関の横って階段やったやんか、一回折れ曲がっとって下に空間があって、そこに紫色の花が生えとったん。背高いやつ、覚えてる?」見てない、とひじりは首を振る。「ペットボトルに水入れてやりに行ってんねん、あれ俺植え替えたいねん。あのアパートじゃないどっか」「花あったらきれいやし、別に邪魔でもないんちゃう?」「でもあそこ日も当たらへん、俺が見にいく時間だけかもしれんけど。あんな奥の階段の下で、雨も土に落ちたやつが流れてくるだけや、上から受けることもなくて。俺らは移動できるけど花はかわいそうやんか」今でも元気に生えてるんちゃうかな、とひじりは自信なさそうにした。まあ一人でもいつかやるけど、茎の下に葉っぱのかたまりがあるし、抱えきれるか分からんけど、と呟くとポスターの肺らへんを眺めながら、一緒にやってみよかとひじりが言う。「見つかったら怒られると思うで、誰かの花なんやし。プチトマトの枯れたやつ、鉢から引きずり出すんかて大変やったけど。結構大きい花なんやんね?でも移動が、集君にとって大事なんやもんね?」うなずいて返事する。どこに植え替えるのがいいかはまだ考えてる途中やねんけど、近くやない方がアパートの人も気付かへんと思うねん。でも俺花って全然知らんし、とりあえず淀川に植え替えるのはどうやろ、そら水がどこまで来るかは分からんけど、草はいっぱい生えてるんやし、と言うとひじりは考える顔をした。「植え替えにええ場所分かるかもしれへん。教室から花いっぱいの家見えてんねん、帰り一緒に行ってみよ」そして、一時間目体育やわと言って行ってしまった。俺は途中になっていたポスターの写真部分下の、小さい文字まで読む。ばあちゃんの首から胸もとには斑点が大小いくつか浮いてるけど、その内側はどうなってるんやろう。マンモグラフィーはしたことある？

その家の茶色い門は細長い通路の奥にあって、コンクリートの壁が立っててその幅を決めてる。表札はこっちの、壁の始まりのところに掛けてある。「ほんなら表札から家で、花咲いてる通路はこの人の敷地やんな」「入ったらあかんかな。でもほら、あの紫色の花違う?土がちゃんと適してるってことやん。世話もしてもらえるわ」とひじりは言う。確かにあの背の高い花の仲間やわ。「この家たぶん一人暮らしやねん。月曜火曜はいつも一時間目の途中くらいで、この壁のところまで車が来ておばあさんが乗り込むん、デイケア、って書いてある車。他に家族がおったら見送るやんね？」自信なく、たぶんと答える。「左側の壁沿いはその紫の花が並んでるやんか。その先頭っていうか一番こっちの手前に植え替えるんはどうかな」そこ、と指差した場所には小さい、雑草みたいなんが植わってるから、そこは掘り起こさんとあかん。列に続いてないとおばあさんも気付いてまうやろう。屋根もないから太陽も雨も、先に生えてるもんたちと分け合えるやろう。

ちょっと暗い日のピノサンテは怖い。今日も花は小さい紫を、広げるようにいくつも頭に付けて一本ずつで立ってる。モッモッには言う？と玄関指差してひじりが聞く。反対されても困るな、となってピンポンは押さんことにする。しゃがみ込んでよく見ると、茎は細くても土台は葉が開いとって掘る部分は多そうや。「最初は誰が植えたんやろな」「間違って生えてきたんちゃう」ちょっとどの程度か見てみよう、と俺は定規で掘り始めてみる。固まってしまってるから、定規は土の上で曲がるだけになってまう。「園のさ、掃除倉庫にシャベルあるやん、あれの一番大きいやつ持ってきたらきっと大丈夫やわ」とひじりが励ましてくれる。それでも削るようにして掘ると、どこまで続くか分からん、俺の手のひらみたいな色した太い根が見えてくるんやった。先端までちゃんと行き着くやろうか。「何やってんの?」と声を掛けられて振り返ると、どこかから帰ってきたモッモッがTシャツの裾を直してる。正面に狼が三匹、首でつながってる絵が描かれてる。モッモッ、と呼ぶと「俺そう呼ばれんの?」と言いながらドアを開けて、玄関の靴をのけてくれた。「暑過ぎ。うち入る?」「うん。表札ないから名前分からんかったから」と言うとモッモッは「出さないだろ、一人暮らしのアパートで」と尻の形にへこんでる座椅子に座った。俺なら嬉しいから掛けとくけどな。部屋を見回すとこの前と同じ、ゲームの画面が光ってる。何か飲む?と聞かれてうなずくとお茶を入れてきてくれて、人ん家のお茶は知らん味する。もらったコーン茶、と言いながら台所に引っ込むモッモッを見て、植え替えのこと言う?とひじりが聞いてくる。「難しいとこやんな、あの花気に入ってて反対されたりしたらめんどいな」「でも大人一人くらいには言っといた方がいいんちゃうかな。怒られた時に上手に説明できひんやん。言うて、モッモッが反対してきたら秘密でやって、もうここには来なければええんや」とひじりは笑った。穿いてる短パンを一生懸命付け根までめくり上げてるモッモッに作戦を言うと、やろうぜ、群れのいるところに連れてってあげたらいいじゃん、俺もあれいらないと思うしと答えた。「門に入る前のスペースなんやけどその手前にもう表札が掛かっとって、人の家に植えるんは犯罪かな？」と聞くと、そうなんだよな、とコーン茶のポットをまた持ってきて嬉しそうに、仲間になったみたいに注いでくれる。もう喉は渇いてないから、残りを飲むに時間がかかる。「付け足すだけなんだし大丈夫じゃん」いつにする？とひじりが言って、夜だと犯罪っぽ過ぎるしお前らも施設抜け出しにくいもんな、とモッモッが呟く。「来週ならもう短縮授業やで」「でも来週やと花枯れてしまってるかもしらん」と俺が言うと、とりあえず花はどうなってても、根と葉と茎だけ持ってけば来年咲くからいいんじゃない、とモッモッが答えた。「夏休みは客来るからめっちゃバイト入れてるし、じゃあ来週やっちゃおうか。おばあさんって夕方くらいに帰ってくるんだろ」「帰ってきた車見たことないから、四時より後なんかなあ」とひじりは言って、

「朝、見送りに出てこうへんってことは、他に家族はおらんよね？」ともう一度モッツに確かめた。

給食は仲良し五人、学級文庫を置いとった窓ぎわの短い方のロッカーをカウンターにして、椅子持ってきて食べてる。本当は班の形でまとまって食べんとあかんから最初、福田先生は怒った。担任の福田先生は何年か前、学級崩壊起こしたおばはんやってみんな知ってるから、最初から信用できひんとこがあるねんな。よしいちが、給食の席に何でそんな決まりがあるんか、意味はあるんかみたいにうるさく授業中まで叫んどったら、先生は説得力ある説明をいつまでもせん。俺らもこれまでの何年かを班で食べとった理由が分からんようなった頃に、先生はパーマして乾いた髪の毛を肩の横で触りながら、じゃあもう、いいですと言った。せやからうちのクラスはみんな班無視して、床とかでも好きに食べるようになった。難点は一人で食べてる子が目立ってしまうことだけや。給食の時間は外から見えんように、先生は廊下側のカーテンを全部引いていく。悪い人ちゃうけど道徳の時間に言っとった、自分の体と命は自分のもんやとみんな思ってるかもしらんけど、違うねん。生まれた時から世話してもらって、ほんで社会に生かしてもらってきた身なんやから、自殺なんてことは自分の自由でやっていいもんではないねんで、っていう発想にはゾッとしたな。教室は四階にあるから、窓の外のプール見ながら食べるんが楽しい。よしいちが自前で持ってきとるふりかけのパックが風にのって開いた窓から落ちていけば、給食中やけど下まで五人で拾いにいったりする。ふりかけはいろんな味の入ってる、小分けのバラエティーパックやから憧れる。いる？って言われるけど白いまま食べてるみんなに悪いから断る。よしいちは、本当の名前は高田やねん。学校帰りに五人でチェーンの酒屋に入って涼んで、俺らコードネームで呼び合おうや、ってなったん。お前南部美人にせえや、うめほのりは大魔王は、って言い合ってボトルを見ていくうちに、名前は日本酒の中から選ぼうってなった。みんな視線を高くして低くして選んで、高田は「俺これにするわ、よしいち」と焼酎を指差す。日本酒縛りちゃうの、と誰か言ったけど「俺っぽくない名前がええねん」という高田の声が低くさえぎった。高田の意見は結局通ってしまうから、よしいちになった。せやから五人の中では俺は立山、あとは龍力、一ノ蔵、香住鶴って呼び合ってる。

もう前日に掘って、その空いた穴に入れてある。一緒やった土から離れてしまって、紫の花部分は垂れてきてるやろう。他の教室に入るのは禁止やから、二時間目終わってひじりの名前を大きく呼んだ。窓ぎわから嬉しそうにこっち来てくれる。「おばあさん今日もちゃんと行った?」「窓からずっと見とったで。早くに車乗せられてって、いってらっしゃいって心の中で思った。三十分くらいしたらモツモツがもう来て、シャベルがでかいから目立っとった」「モツモツ早ない?昼からでええのに」「せやんな。でも一応ちゃんとピンポン押しとった、遠いから僕たちと同じくらいの大きさやった。草の通路入り込んで今やってくれてるけど、あの場所やと壁でもう頭しか見えへん。どのくらい掘れてるやろ」俺も窓から見れたらええけど、ひじりが他学年を教室入れとったって、告げ口されてしまうからやめとく。モツモツが他の草の邪魔にもならん、いいところを見つけて掘り始めてることを祈る。

園に帰って昼ご飯は冷蔵庫に置いてある、一杯ずつ盛られた冷やしうどんにつゆをかけて食べて、ちゃんと二時にモッモッの家に着いた。「掘っとるモッモッ、教室から見えとったで」「大変だったんだけど。前の晩から考えちゃってさ、そのおばあさんとかディケアの人に見つかってもえらいことだろ、二時からじゃ不安だったからさ。あと植えるだけ、ホームセンターで園芸用の土買ってきた。紫の花、梅雨、で調べたらネットで出てきたけど、植え方は長い文章だったから読んでない」「わざわざありがとう、土のお金いくらやった?」働いてんの俺だけなんだから、いいよとモッモッは言ってくれた。「タオル頭に巻いたら植木屋さんみたいに見えるかも」とひじりが言うから、みんなでする。持ってきた黒いゴミ袋に下半分入れて、二人ずつ交代で運ぶ。頭から汗が出てきて、髪の毛の合間を縫っていく。モッモッが掘ってくれた穴は、ちょうどそこやなっていう位置にあって、奥の方はもう乾いてきてる。おばあさんの家のピンポンを押す、中で響いてる感じだけした。やろか、と言って慎重に、ゴミ袋を外していく。根は太く、水を含んでる手触りもせんけど、どんどんここで吸い上げるんやろう。たくさんあるから一本くらいちぎれても大丈夫なんやろう。三人で囲んで、花の土台から立ててって、買った土で根をまとめていく。繊維みたいなんも交ざってるから、ちゃんと育ててくれそうやわ。ひじりがとなりで、土はいいにおいするる、と言いモッモツが、朝より風があるな、と頭のタオルを引っ付けるように押さえる。鼻の頭を中指で、弾ませるように叩いて目をつむると、俺の中ではシャッター押したことになるねん。すごい景色とか、忘れたくない時にする。この場面も遠い遠い、自分なりの覚え方しかしてへん思い出になってしまうな。何ですか?とモッモツが言って、振り返って見ると福田先生がパーマの髪触りながら、財布だけ持って立ってる。「今野君何をしてるん?」と先生は言い、俺は反射的に、は?と声出してまう。モッモツが立ち上がって腰を叩きながら、この子らに植え替え手伝ってもらってるんです、と俺の代わりに答えた。近くからやと大きく見えた。あらそうなんですか、と先生は安心した顔して「アガパンサスやね、季節もう終わってしまうね。アガペーは愛って意味やねんで」と笑った。背中を見ながら「おやつ買いにいくんかなあ」とひじりが言い、誰あれ?とモッモツが聞く。大人はしゃがんどっても安定してるな。「集の担任の先生やんな」「へえ、優しそうだな」きっとそうなんやろな。帰りは違う道から帰ったんか、こっちは通らへんかった。盛り上がった土は、地面近くに開く葉で隠す。最初から咲いてあった花たちの足もとよく見ると、アガパンサス、と白い札が立派な字で説明しとった。誰のために何をしたんかも分からんまま、ようやったわ、と自分たちを褒めた。ここでちゃんと雨に打たれて定着して、来年咲いとったらええんやわな。

実習生は次から次に園にやって来て一ヵ月くらいでおらんくなっていく。来すぎてもう全員の前で紹介とかもあんまりされへん、順繰りにいつの間にかいる。実習中は泊まり込みで、週二回は自分の家に帰っていく。みんなでテレビ見たりする時、家族団らんのCMももちろん流れるやんか。そういう時ここの子どもたちはどういう反応を今してるんかしら、何を感じているんかしら、みたいにさりげなく見回す実習生とは仲良くせえへん。優衣《ゆい》先生は色の黒い実習生でめっちゃ良かってん、テレビの時は子どもと同じにずっとぼんやりテレビ眺めてる。明るさが段によって違う茶色い髪を、太いゴムでくくってる。実習生は、午前シフトは朝ご飯の準備から夕ご飯食べ終わるまで、午後シフトは十時くらいに出てきて寝かしつけて風呂掃除までや。最後に風呂入って、掃除してから事務所棟の、実習生室に戻っていくらしい。「セミをフライにして食べとる」とひじりが、角が丸なってるファーブル昆虫記から顔上げて言った、何回も読んでる本は安心や。シートン動物記は観察が多いのに、昆虫記になると虫は実験ばっかりされてまう、小さい方は不利やろうな。「ついに、父さんの家泊まりに行けるかもしれんねん」「そうなんや」と俺は返事する。「面会も外出もしたし、結構進んでるんやて。父さんの病気も良くなった証明出たらしいし、滋賀やから日帰りやと時間ないから。長浜が父さんの実家で、昔僕と住んどった家はもうないねんて」病気っていう言葉の部分で、頭と心臓を指差しながら説明する。「家な、今ペットショップやでえ」と笑う。ええね、とそこだけ優衣先生が返事する、ひじりは体をひねって読書に戻る。ベランダに紐で浮いとるプランターからは、あげた水が流れて落ちてる。夕方のこの時間はNHKが流れとって、早回しの映像を見ればテレビの中の茎は、左右に揺れながら生長してってる。

ひじりは土曜の朝から、父さんの家に泊まりに行ってしまった。宿題をよしいちの部屋でした後、今年の漢字ドリルは水色の脚した鳥が表紙で、それで顔あおぎながら五人で公園に寄った。「立山の施設ってさあ、実習で大学生来んねやろ?」一ノ蔵が岩から岩に跳びながら言う。「まあ大学生なんかなあ。そやで、ひっきりなしやで」激アツやん、と二人くらいが声をそろえる。「女ばっかり?」「男は少ない、おって一人くらい。福祉士みたいな免許取るんが女ばっかりなんかも」「胸大きい人おる?で も学校の先生は大きい人あんまおらんくない?そこで落とされたりするんかな」一ノ蔵は下ネタ担当やもんな、と思うことにしとっても、やめえな、と大きい声が出てしまった。「興奮したりする?俺も行こうかな」と一ノ蔵が、外部のやつは入られへんやろとよしいちが言って終わりになる。昔は水が流れとったらしい噴水沿いの、ソファみたいな形してる岩に座る。龍力の家は犬飼ってんねやろ、とよしいちが言って、いいよなと続ける。「よしいち買ってもろたらええやん」「母さんが、生き物は死ぬからかわいそうで飼わへんのやて。一人暮らししたら飼えばって言われる」「犬おったら床に輪ゴムも落とされへんで。うちはおとんとおかんが同棲始めた時にもらってきてんて。せやから年で、トイレももう分からんねんな。足も舐め過ぎてピンクになっとうしな」そら死ぬとこなんか見たないし、かわいそうなんはそうやろなあと能力が、片脚だけで石に立って言う。名前は？と聞くと「ヒーター」と大きい声で言った。後はみんなでゲームの話をし始めたから、俺はこっち寄って帰るわ、とバイバイして行く場所を考えた。そうや、パスタ屋でモツモツが働いてるとこ見にいくんはどうやろう、ひじりの滋賀の話の後に自慢できる、俺も話すことくらいないとあかんわ。パスタ屋は大通りに面して、厨房はガラスでできてるから中にいる人は湯気の向こうに見える、モツモツは一番奥でフライパン振ってる。ソースの混じり合う、白い沼から引き上げてきた皿に盛り付けていく。音も聞こえん、あっちの人たちは外の方は見てくれへん。まだ夕方やけど混んどって、まぎれて、入り口にあるガラスケースに飾られる立体メニューを眺める。パスタの具は中央に寄せ集まってるんが多い。見ていって、花みたいな器と深い器で二種類の味が楽しめる、ハーフセットが一番いいと思った、俺はそれに決めた。重そうなガラス扉の銀の部分をつかんで、兄弟が早く早くと親を呼び込んでる。最初に逃げたんはあんたのお父さんやわなあ、ってばあちゃんが言うとった、俺には、それは救いやってん。もう他の、周りの人とか呪う必要ないやんと思った。元を辿れば、生まれたところからお父さんのせいやわな。

散歩行こか、車いす俺押すで、って言ったらばあちゃんが喜んで、でも看護師さんが二人がかりで担ぎ上げてくれて大仕事やった時あった。俺はやり方も分からんから、ベッドの取っ手を握っとくしかできんかった、ずっとついてるクーラーの風で冷たなっとった。悪いから、もう散歩に誘ったりはせんとこうと思った。病室のある階をグルグルしかできへんかったけど、ばあちゃんは嬉しそうにしてる気がした。エレベーター前には大きな窓があって、そこで並んで休憩した。玄関の前の平たい山がよう見えた。じいちゃんの写真見るか?とばあちゃんは言って、白黒のんを見せてくれた。二人はまだ若くて、橋の上で立ってる。大和証券のビルの前で街は賑やか、じいちゃんは太いズボン穿いてる。「写真見るたびに、死んだんか、って言ってまうわ」とばあちゃんは話して自分で笑っとった。「じいちゃんはどんな人やった?」「優しい、優しい。でもそういう人なら誰とでも上手に暮らせるやんか、優しいだけの人にあんたもなりなさいよ。でもあそこの墓入れ言われたら考えただけでも身震いするわ。あんな遠くの、嫌な人らの壺と立ち並びたないわ、そら体も壊しますわ」ばあちゃんはよく墓の話をするけど、俺にはピンと来んのやった。「バーバイ、の次に俺が言えた言葉は何やった?」ばあちゃんは少し考えて「バアバやな、ばあちゃんの顔見て。バーバイと音似てるからな」と言い、続ける。「もうすぐ二歳いう頃でも、ママ、は全然言わへんでな。呼び方は、ママにもあるんよ。うちがあんたの何かは知ってる?名前もなくて、誰でもない?って泣きながら、あんたの両肩押さえて言うてる時あったわな。そこらへんからもうママもあかんかったんやろなあ」窓の下の庭は、緑が敷きつめてあって豊かな感じがするわ。俺はもう立ってるん疲れてしまって、病室戻ろか、と言って車いすの向きを変える。押しながら、俺が、ママって呼んどったら何か違ったと思う?と聞く。「ばあちゃんが何かできとったらまた違ったんよ。でも最初おらへんようなった時、ママはあんたをちゃんと連れていったはずなんや。二人でどこかで楽しくやってる思っとったんよ」とばあちゃんは首を横に、しっかりと振った。ナースステーションに声を掛けるとまた看護師さんが、二人来て支えてくれるんやった。

朝日先生に頼まれたタオル畳みを二人でしてると、正木先生が寄ってきて膝を近付けてくる。「えらいな、二人でやってるん」ひじりは浅くうなずく。先生がまた気持ち悪いこと言わんようにせんと、学校のこととか、そういうのを話し出さんとあかん、と思ってたら「ひじり君、この前の精通と初経の話、ちゃんと聞いてへんかったんちゃう。一人だけぼんやりしとったわ」と正木先生が笑って言う。「何のこと?」と俺は慌てて横から口出す。「集君たちの時もやったやんか。四年生なったら男女集めてその話したやろ?学校で習うだけやと足りひんもんな。一緒に住んでるから」確かに去年やった、ナプキンの付け方まで見せられた。精通と初経の話はどんどん進んでいって、昔から使ってるような男と女の人形が出てきて、性的なところは黒ずんどった。説明する園長は男やからか、精通の話の時はちょっと笑っとった、俺らも笑った。「でも先生初潮、人より遅かったん。中学生終わる頃までなかって、体細いからやろう思ってわざと太ったんよ。ご飯の後に絶対キャラメルコーン食べとったん。あれなら軽いから食べられてん」バスタオルはまだ床にたくさん広がって、一枚ずつ誰のか全部名前が書いてある。気になっとったから「妊娠線は生んだ後はどうなるん?」と聞いてみる。正木先生は窓の方を見上げて、どうもならんわ、と答える。「正中線なら消えるけど。ネットで写真とか、なった人の見てみるやんか、薄くはなるみたいやけど消えへん。赤かったり白かったり、お腹平らになっても線は入ってるまま戻らんわ」と、授業で発表するみたいに言う。

テーブルに用意された水筒の束の中から自分のを見つけて、重いのんを首に掛けて準備する、夏休みの宿泊訓練は毎年和歌山で二泊や。園で一斉に行って、宿は小さいのしかないから棟ごとに違うところに泊まる。今日から参加の実習生もいて、何も分からなそうにバスに乗り込んどった。珍しく男の実習生は、光輝《こうき》先生です、とバスの中で紹介された。背が高くて、ずっと下の方を向いとった。雨がちょっと降っとって高速道路に入って、バスは速い車に合流していく。どれも追い越されたり曲がったり、できるだけ当たらんようにそれぞれ走ってる。横からひじりが「お地蔵さんおったん?」と聞いてくる。え、と言うと「集君はほら、神社とかお墓とか通る時、目つむって頭だけで礼するやんか」とそのままジェスチャーする。「やっとった？今。恥ずかしいわ。濃いピンクの花咲いてる木が並んどったやんか、たぶんあれにやわ。めっちゃ大きかったから」「あの斜面のユリとかは違うん？」「あれは散らばってるから、礼するとかそんな感じではないねん」傍の、カーブで守る壁は反射がすごくて、山は光ることなく両側に広がる。景色は後ろに吸い込まれて歌がずっと流れてて、知ってるやつやったらみんなで歌う、サービスエリアでトイレ休憩になる。「こういう、車の多い駐車場怖いねん。僕小さいからちゃんと見つけてもらえて、避けてもらえるか不安やん」とひじりは言いながら、体をできるだけ動かして跳ねながら移動しとった。みんなおそろいの弁当をバスの中で食べた。「雨降ってなければ、遊具ある芝生で食べられたんですが」と上田先生がマイクでよそ行きの声出して言う。コナンの映画を見ながら食べ終わって、ケースのフタと本体を別々の袋に捨てた時くらいで雨が止む。

川遊びは危ないから、先生たちが俺ら子どもを大きく取り囲んでる。場所によって大変さが違うから、先生も実習生も順繰りに場所を変えてまわってる。光輝先生は激しい流れのところばっかり立たされとった、大きい水の動きまではようせき止められへん。「水が緑に見えるところは深いから気を付けるんやで、茶色いところは浅いけど」と誰か言う。こっちはゴミの落ちてない川、と思いながら安定した石を選んで踏んでいく。魚捕る網は早いもん順で、大きければいいってもんでもない。柄の長いやつが人気ある、バケツは小さい方が持ち運びやすい。見極めてひじりに渡すと、「亀探してもいい?」と聞いてくる。「この川では見たことないけど」と答えながら、目はもう石のすき間を探す。蹴ると半円に水しぶきが上がる。いつも一年ぶりに来て見渡して、魚がおるところを思い出すのはすぐや。でも前とはカーブが違ってしまったりすることもよくある、藻のある部分に結構多い。淀川の亀は、流れのないところにおった、とひじりは探す。みんなが石と同じように散らばってしゃがんでる。表面は細かく波があってひび割れのガラスやからよう見えへん、いそうなところめがけて網を差し入れて石をどかす。何回かくり返して手長エビが捕れた。水が熱くならんように川にバケツを浸しながら進む、時々入れ替えてやる。ひじりは魚狙ってなくて、遠くの方を目で探してる。ゆで卵を半分に切ったみたいに割れてる石があって、これおもろい、と拾ってエビの横に、当たらんように静かに入れてくれる。そこでひじりが大きい石ですべって、その腕をつかんだところまでは立てとったんやけど、川に倒れた体をそのまま持っていかれた。手をつないで二人流されてまう、脚は重くてでもそれで立とうとするしかない。姿勢を変えようとしても流れに押されるだけで、ほんま今まで運良くバランスだけで立っとったんやわ。浅いところは石で痛くて、深いところは怖いんやった。注がれてくる水が水をまたいで、川は群れでめっちゃ飲んでしまう。勢い、流れ落ちひんためには、何かの形にしがみつかなあかん。水の帯がこうやって囲むんやなと思う、まだ大事なもんみたいに握りしめてる網は何も助けへん。残りの指で傍の石をつかむけど固定もされてない、一緒にただ押し出されてまう。「落ち着け、集、ひじりそのまま流されていけよ、誰か受け止めるから」と切れ切れに上田先生の声がした。今、走って助けにきてくれよと思った。腰を打つ、それなら体は折らずにまっすぐの方がええんか。耳の中がボウボウ鳴って、目は開けてても意味なくて、景色もどんどん流れていってまう。次の浅いところでやっと、園長が胴体からすくい上げてくれて、ひじりの離した網も拾う。帽子はどこか行ってしまった、流れてきたバケツに手長エビはもうおらん。安心したひじりがうっ、と声を詰まらせると園長は泣くな、と厳しくした。息は深く吸い込んだ分だけ自分のもんで安心した。サンダルが脱げんように足の裏を工夫して歩く。「もう浅いところで捕っとき」と言われて、はいと答え、真ん中の岸の方に一回座った。振り返ると、流れたんはあんなに短い距離やった。大丈夫かあ、と大きく石で組んで作った浅い池に浸かりながら、俊たちが聞いてくる。「上がってこられへんか思った」とひじりが息と一緒に言葉を出す。石は乾いてるのだけ白くて、川も岸もそんな色でつながってる、遠くは山もそうなってる。亀みたいに干しとこう、とひじりはその熱い石の上に横たわる。俊は魚が入ってるバケツを持って、腕を大きく一回転させた。木より人間の方が、影が濃いんやった。川沿いの大きい道路を列で歩く、斜面の崖からはパイプがいくつも突き出てる。毎年泊まってる宿やから、着いたらみんなあいさつしながらすぐ男女の部屋に分かれていく。通るだけの部屋には、閉められてるけど仏壇がある。風呂は狭いけどいっぺんに四人で入って、シャワーを囲んで時間差で流していく。蛇口には布がかけてあって、茶色なっとる。誰がしてるんか、ちょっとの間おしっこのにおいがした、タイルの割れてる壁に肩が当たると痛かった。大広間のテレビではグルメ番組がついとって、うどん屋の店主たちがそれぞれの店をまわって、工夫を言って楽しそうにしてた。さすがに全員うどんをするのが上手やった。壁を撫でてみると土が剥がれた、横で同じように見てる光輝先生が「正木先生ってもうすぐ産休なんやんな」と聞いてくる。せやで、やから宿泊訓練来てないんやん、玄関でお見送りしとったやん、と誰かが返事する。「いいよな、いったん休憩あって。ずっと矢面に立たんかってもええんやもんな」と、上田先生が部屋に来たから姿勢を直しながら光輝先生は言う。寝転んでタンスのささくれを触ってると、家具に生まれ変わるんもええなと思った。馴染んで気にもされずいて、使い終わりも自分で決めへん。上田先生の足の爪は長く伸びとった。扉には扇子がたくさん描かれてる、立ち上がって窓から見るとここは高くて、周りの瓦は低く青から灰色のグラデーションで続いてる。

みんなで捕った魚は中くらいのバケツに一杯になっとって、玄関に置いてあった。これどうするん、と朝日先生に聞くと「煮るんやて、今年は。宿の人が」と言って濃いまゆ毛を寄せた。朝日先生嫌なん？と聞くと先生は「私も田舎で、小さい時こういうのめっちゃ捕っとってん。この口平たい魚がよく捕れたかなあ。そんでおじいちゃんが一回煮てくれてんけど、酒としょう油とか沸とうさせて、魚はザルで水気切ってそのまま入れてな。そんでフタして煮たら、やっぱり中から音すんねんな。おじいちゃんが捕ったエビとかも入っとってさ。小さいから一匹ずつ殺されへんやんか、多いし」と、しゃがんで魚たちを見るんやった。「十匹くらい捕まえて、川辺の砂の部分広く穴掘ってその池に石転がして、自由に泳いでるん眺めてるくらいで私は良かってんけどな。区切りのある部屋をいっぱい作って、魚がそこで動き合って。水が熱くなってしまうから時々カップで入れ替えて、循環させて」食べんでも別にええわなあ、と相づちを打つと「子ども生んでからずっと、不幸になってる誰もが、自分の息子であり娘かのように泣けてまうねんな」と朝日先生は言うんやった。魚は黒く煮たやつが、朝ご飯の時に出た。食べとるように見えたけど、朝日先生と席は遠かったから顔は分からへんかった。

肝試しは危険やから去年から夜の散歩になった。自然のこう、全部が黙ってない感じを受けながら歩く。岩でできた崖には鉄のネットが張ってある。「父さんがイカさばいて、これ骨、すごいやん。骨ソード。三匹あったから一個あげる、僕は二刀流」と自慢しながら、ひじりは本当に剣の刃の部分みたいなんを手渡してくる。「イカとか、給食室でいつも料理されてくるやん。さばいたらめっちゃ黒いの手に付くねんで。骨は下から抜くと、透明なのがつるっと出てくるん」ありがとう、と受け取る。矢みたいな薄い膜や。合体、と小さい声で言って、ひじりは二枚を重ね合わせる。「父さんとゲーセンも行った。スーパーの二階に百均とかあってその横にあってん。父さんが下の食料品とこ行ってる間一人で歩き回って、画面に女の子が出てきてその子とマージャンするゲームがあった。色々出てくる女の子のキャラずっと見とった。丸椅子が並んどって人がおらんで、座ってられそうなとこはそこだけやったから。袋両手に持った父さんが来て、それやりたいんか?って言われて恥ずかしかった。本当はお菓子積んである小さいクレーンゲームがやりたかった。下の狭いパン屋でジュースとケーキ食べて、ショートケーキのクリームは乾いて固くなっとった」と、途切れがちにひじりは言った。

みんなの顔がクーラーの青い、小さいライトに照らされてる。大人数で寝るのは久しぶりや、色んな向きした体が入り乱れて、こたつに入る時みたいにすき間を進んで置ける場所を探す。腕を頭の横で曲げて、手のひらを枕にして光輝先生がとなりに寝てる。まっすぐ過ぎる鼻が目立つ。その肩の大きな関節の、くぼみの部分に注意深く頭をのせた、頭は性的なところから一番遠いから。眠りを続けてる先生は、彼女とでも間違えたんか両腕を使って抱きとめてくれる。筋肉の波の平らな部分に、俺の目と耳の間にあるへこみがちょうどはまる。寝たまま、先生のもう片方の手は俺のお腹のあたりに来て、上のシャツの裾をズボンに入れてくれるんやった。近くの唇は寝てる時でも笑ってるみたいにカーブしとって、人と接するのに便利そうやった。窓の柵の、すき間からだだ漏れの明かり、体の下になってる方の自分の腕が邪魔やわ。

朝の散歩はみんなカエルを捕まえながら歩く。服とか頭に引っ付けて帰って、宿に着いた時一番数の多かった人がえらい。田んぼから林を抜ける。「今何が混じり合って鳴いてるんか、全部分かる人になりたいな」とひじりが言う。木の幹は太くて、どの草も境もなく一体で生えてる、アガパンサスはここに来とったらどうなったやろう。帰りの弁当は、よう分からん小さい体育館の駐車場で輪になって食べた。敷かれた白い小石が反射しとって、暑いからバスの方がええわと朝日先生が横で言った。一昨年は和歌山まで来はしたけどそこからずっと強い雨で、川にもよう行かれへんかったから折り紙ばっかりしとった、バスで焼肉の食べ放題に行った。園の子どもくらいしか客はおらんかって肉のある冷蔵室で、言われてもないのにみんなきちんと並んだ。綿あめもラーメンも作れる。薄切りにされて山盛りの肉は、それぞれ空気巻き込むみたいに丸まってた。冷凍して切るからそんな形になるんちゃうかな、と園長は言っとった。

ここの、はよ切ってしまってくれるかな、と朝日先生が優衣先生を台所に引っ張ってくる。朝日先生は実習生に強いところ見せようとする。昼寝の時間も、先生たちはリビングで会議して、実習生たちはずっと草抜きしてるの知ってる。雨の日は屋根のある部分や。夏休みに昼寝させられるんは四年生までやから、俺は窓からグラウンドを見てる。夕ご飯は給食室から運んでくるのを配膳するだけで、朝は食パンとバナナとヨーグルトが用意されてるから自分で一枚の皿に盛って食べる。休みの日の昼ご飯は、給食室から材料だけ配られるからそれぞれの棟で先生が作ってくれる。流しの下の段のボトルを並び替えて遊んでるひじりが、酢もみりんも同じようなもんでできとる、と言った。野菜を持つ優衣先生の横に付いて見る、硬いから慎重に切って、中のゴミは三角コーナーに入れていく。思い付いたようにカボチャの捨てた部分に手を入れた。モヤモヤを取り出して、勢いある水で種だけ洗うと差し出してくる。「ほらめっちゃきれいやない、真珠みたいやない?」受け取って転がすと、白いフチがあって膨らんだところが光ってる。ほんまや、と言うと来た時より肌の色が黒なった先生は嬉しそうにする。手のひらに返すとそのきれいになったのを元あった場所に捨てた。高くでくくってる髪から背中に、ひと続きに汗が染みとった。いただきますの時に俊が「いただきマッコリモッコリ」と大食いユーチューバーの真似して爆笑やったけど、上田先生に怒られてみんな静かになった。光輝先生は、宿泊訓練から何日かの後おらんようになった。俊が「やばいよなあの人、まだまだ実習残ってんのに黙って出てったんやって。そんでお菓子持って、自分には無理でしたって、学校の先生と謝りにきたらしい。それ食べながら先生たち会議しとった。老人ホームとかでも実習できるから、そういう違うところ行くんやって」と言うてるんを聞いた。

ばあちゃんと会ってから半年間、結構お見舞い行っとったやろ、あれもしかしたらお母さんに会えるかもしれへんと思ってたん。いつか来るかもしれん、俺がおるからびびって入られへんこととかないように、いつもドアからは見えんとこで座っててんけど、意味なかったな。窓辺のカーテンに映ってる日の影が、線になったり面になるのがよく見える位置やった。涼むために、受付の大きいソファに座って売店見てると病院は大きい森で、自分では動かされへんもんやとあらためて思った。あんたは、バーバイって言葉を最初に話したんやもんね、とばあちゃんはいつもと同じこと言う。入院する前はどこに住んどったん、と聞くと「持ち家やったんやわ」と答えるだけやった。「足首がかゆいんよお」とばあちゃんが言い、見てもええ?と毛布を上げると赤い点々が広がってる。「看護婦さんが昨日の夜、寝られへんなら、ってええにおいの油入れた足湯用意してくれはってな。若くないベテランの人。気持ち良かったけどかゆかゆやわ」見てもらって薬でももらおうや、と立ち上がる。「ええの。良かれと思ってやってくれたんやろし」「我慢する?」と聞くと深くうなずいた。棚の上にはキッチンペーパーが畳まれて、束になって置いてある。今この形がばあちゃんの最善やとして、これでいられるんはあとどれくらいやろうか。思い出した、お母さんと二人で住んどったんは、ベランダだけ広いアパートやったんちゃうかな。コンクリートで作ってあるのに、べこんべこんの板を後からつなげたようなんで、お母さんはいつも夜洗濯しとったやんか。ベランダに洗濯機があって、俺は畳に光受けて座ってそれ見とって、家はひしめき合って建ってるから他からの明かりで十分やった。寒い時でもお母さんは照らされてピンチにいろんな小さいもん干しとった、違う?そんなんやなかった?そこで黙ってたばあちゃんが、赤色の巾着袋を重そうに持って「これ集めにあげるからね」と手渡す。中見たら百円玉と五十円玉がぎっしり入っとった。「ありがとう。でも部屋にしまっといたら誰かに盗られそうやな」「使ってしもたらええねん、すぐ」他に誰もおらへんで枕もとのラジオが、僕たちは体が何を運ぶものかまだ知らない、と歌を流してる。「ほんまにありがとう」と言って頭だけでお辞儀する。「中のお金取って、巾着袋は返してくれるか」返すと手をお椀にして撫でながら、その毛羽立つ表面に向かって「毎日はただの回転ですわ」と言った。移し替える袋もなく、小銭は両手で握ったままになった。病室は六階やったのが三階に移ったし、初めて来た時エレベーター乗ったら、何かパジャマも着てへんのに悪い気がして、階段を使ってる。帰りに狭いのを降りていくと小銭は鳴って、座って広げて数えたら二千七百円あった。

ひじりは時々骨ソードを出して二刀流のポーズを取った。俺持ってきてないわと言うと「持っといてや。今は貸すけど」と片方を渡してくれる、しばらく戦う。ピノサンテに着いて、「二階もまわってみよう」と言うひじりに、後ろからまだ薄い刃を刺しながら急な階段を上がる。一階よりも開けてるから臭くなくて、傘が廊下の手すりにすごい数並べてある、住んでる人数分やろか。小さい子の傘は引きずって歩くから、先の方がモロモロや。骨ソードの鋭さを指で確認しながら階段を下りると暗さとにおいは段ごとに濃くなって、ピンポン押して「集とひじりやけど」と声出す、モッモッはすぐに中に入れてくれる。「父さんの家行っててん」とひじりが喋り出す。「へえ。そういうこともあんだ」「ひじりの父さん病気良くなってきてるから、もう一緒に住めるかもしれんねん」と俺が説明する。「一階がペットショップで、そこ通らんと住んでる部屋上がられへんねん。魚と爬虫類が多かった。台所の流しんところに金のビールの缶と日本酒の紙パックとスパゲッティの、赤と緑の袋が散らばっとった」そうか、とモツモツが言う。片付けたってん、とひじりは転がっとるマルチビタミンの瓶を傾けて音鳴らす。「爬虫類は激アツや」な、と俺が見上げるとアツいな、とモツモツも言った。モツモツの脚の毛は勢い良く生えとって、触っていいか聞くとうなずいたから撫でてみた。集まる毛は硬い膜やった。「名前、母さんはひじりって、聖なるの聖の漢字にしたがったんやて。そんなんおこがましすぎるって反対したんや、って父さんが言っとった」おこがましいって言われてもな、と返事する。この家の流しからは、玉ねぎのにおいがよくしてくる、ベランダのない側の部屋やから、カーテン掛けるところに毛布干してる。「漢字でもかっこいいけどな」と、モツモツはリモコンでチャンネルを変えた。「社会科見学でテレビ局行ったことあるけどさあ、カメラからモニターに映った自分の顔驚くよ。影が濃過ぎて」「女優さんとかは明るい、つるつるやんか」「平面の方がきれいってことなんだよな」ひじりがトイレから帰ってきて、トイレの棚にめっちゃウェットティッシュあるな、と言う。「気になるからさ、便座拭かなきゃ気持ち悪いんだよね」「毎回拭いて座るってこと？」「俺的には風呂入った後の体はきれいだから、そうなると外から帰って以降座った便座にはもう座れないわけよ、来客の後とか。だから風呂上がりの後の、その境目で一日一回拭く」そこは神経質なんや、と言って三人でそのまま画面を見続けた。「何でゲームの名前モツモツなん？」あれなあ、と手もとの細い、いろんなコードを丸めて縛りながら返事する。「元カノが付けたんだよな。このゲーム始める時に、プレイヤー名書き込んどいてって言ったらこれだったから」横の部屋の音が聞こえるな、とひじりが言うとモツモツは「ずっとニュース読むアナウンサーの声がしてんだよ、あっち」と答えた。

外遊びの時間、木の陰で暑そうにしてる優衣先生の横に座る、俺らより眩しそうにしてる。「実習生の先生は早番と遅番とあるやん？早番は一緒に夕ご飯食べたらもう行ってしまうやんか。その後って優衣先生何しとん。畳の部屋で他の棟の実習生も、みんなで布団敷いて寝てるんやろ?」「そやで、疲れてるからみんな携帯とかしてるなあ、日誌書いたり。私は時々商店街ぶらぶらしたりするけど、でもジーパンで化粧もしてへんし、別にどの店にも寄らんねん。果物屋のゼリーとか見てる。この機会に痩せよ思ってさあ、園の食事だけでちゃんと我慢してんねん」あとは彼氏と通話しとるかなと先生は言った。「そうなんや。男の実習生は毎回そんなおらんやんか。泊まってるん個室やねんで、でも土足で狭いらしい」「光輝先生も入った時言うとった。夜は部屋の外側から鍵かけられてまうねんて」まあしゃあないわな、と優衣先生は髪をまとめてはまたほどく動作をしとった。「あっちのアパートにおる大学生の部屋行ってんねん。モツモツって呼んでんの」と顔を見ると「人の家に上がんのは危ないんちゃうかな」と先生は言い、少し大げさに頭を撫でてくれた。「怖い夢って見る?」と聞くと、集君は見いへんの?と聞き返されて、よく先生たちがしてくるわ。子どもの心を少しでも探っていこうという質問返しやわと思いながら「俺は夢全然見いひん」とウソ言う。そうなん?と先生は笑って、口を横に大きく広げてくる。「私右の二本の歯欠けてるんやんか、もう歯医者で継ぎ足してるんやけど、ここね。お姉ちゃんの子どもと公園で遊んでる時に、その子がまだ二歳とかやってんけど、すき間の広い丸太がつながった橋の上歩き出そうとしてん。子どもの背の倍くらいの高さな。私はその橋の反対側にいたから、危ない、って叫んで普通の地面あるみたいにその上を夢中で走ったんよ。そしたら一つのすき間に両脚から入ってって、頭が丸太と丸太の間で止まっててん。その子はそれ見てお母さんの方に歩いてったけどな。頑張ってよじ登ったら、歯折れとった。そん時の、口の中に砂みたいに散らばってくるのとか歯茎での感じとか覚えてるから、歯が全部砕ける夢とか見てまう。あるはずのもんがなくて、どうしようって感じ」怖いな、と言うと優衣先生は破片でジャリジャリよ、とうなずいた。「痛かった?」「痛かった。でもそれ治しに通った歯医者の先生がこだわり強くて、歯茎をもっとピンクにするみたいな治療してくれてんな。それで歯茎に何ヵ所か打たれた注射が痛かったんかもしらん。痛さって混じるから」何噛む時困るん、と聞くと少し考えて「トウモロコシ丸ごとかじらなあかん時な、自分の歯みたいにはもう噛まれへん」とこっち見る。「ユニバのハリポタのところで買う丸ごと焼いたオシャレなやつ、あれ困るよ。左の方の歯使う」「ユニバ行ったことない」おもろい？と聞くと先生は、おもっろい、と言って深くうなずく。「高校の遠足とかで行けるんちゃうかな」先生は言って立ち上がって、あっちで転んだ女子を助けに向かう。

夏休みが終わった頃から、よしいちは聞こえんくらいの声で「シャッタ、ン、ハ」って言っとる。一回聞いたら、恥ずかしそうに「うん、喉の体操。癖になってもた」と答えとった。気にしないようにしようとするとよけい目立った。ハ、のところで喉を開くようにしてるんやろう。やってみると、これは声出さなそら意味ないな。よしいちの家の駐車場で、みんなが来るのを待ってる。「一個下の友だちがな、園の先生に嫌がらせされてんねん、たぶん」どんなん?ともちろんよしいちは聞いてきて、ひじりがされたこと、俺が思ったことを一から説明していく元気はなかった。出来事二つだけ話した。「セクハラやろそれ、俺が謝らしたろか」「どうやって?悪いと思ってないんかも」分からさな、とよしいちは自分の言葉にうなずく。「でもええねん、園で解決するし。妊娠中でお腹大きいしな、その先生。もうすぐ休み入るわ」と言うと、「腹立つやろ、そんなおばはんにやられとって」とよしいちは言った。「立山はそのセクハラに、何か言ってやらんの？」そうか、こんなに怒るべきことなんかもしれん。「自分で言うから何もせんといてってその子は言うねん。先生もいなくなるし」よしいちは腕を組んで「施設はそういうところなん？」と聞いてくる、そこだけ急に恥ずかしく感じる。「変なところではないよ」と返事するしかなかった。よしいちの家はちゃんと本物のレンガが積んであるマンションやもんな。ちょっとこっちを見てからごめん、と言い「一ノ蔵もさ、たぶん誰かにそういうことされてたか、されてるよな」とよしいちは続ける。「知らん。言っとったん？」何となくやけど、とよしいちは言う。「あいつめっちゃ下ネタ言うやん。そういう奴おんねんって母さんに言ったら、母さん仕事カウンセラーやからさ、誰かにそういうこと教えられて、周りの環境がそうさせてるんかもしれんねって。俺もそれなら納得いくなと思って」そうやったら大変やなと俺は返事して、でもよしいちのシャッタ、ン、ハやって、そんなに直線で説明できる何かがあるもんやろか。俺たちが気を付けといたらんとな、と言ってよしいちは駐車場の大きな車を「将来俺はこういう車買うねん」と指差す。

「茶色ってこと?」「ブロンズで、三列シートってこと。あとこの取っ手みたいなんが外の天井に付いとる。でもあんな竹の座布団はよう敷かん」そんなんは考えたことなかったな。「俺もこの中から選ぶ」と言って、よしいちから離れるように人の車を一個ずつ評価していく。

　礼をしてカバン背負ったら教室によしいちたちはもうおらんかったから、ひじりを待って、電柱に取り付けられた吸い殻用の缶々を数えながら帰った。十七個あった。途中で俊に会って、門から入ると事務所前に人だかりやった。どうしたん、と前の方にいる女子に聞く。「正木先生が後ろから、正門前で子どもにぶつかられたらしい。転んだんやて」「園の子?」「ちょうど門に入る直前のとこやったし見てへんから分からんねんて、ついさっき。タクシー呼んで病院すぐ行っとった」事情聴取や、ついさっきやったら、俺のアリバイは集とひじりに聞いてと俊は騒いどった。他の棟の子たちにも聞くからなかなかや。順番を待つのは暇で緊張して「誰かの稲を私は背負ってあげたい」と、事務所前に貼られた今月の言葉を小さく読み上げてみた。稲だけでは足らんやろう、と思った。俺は上田先生に事情を聞かれた。時間と人の目は絶対的なもんで、集たちは無理やな、と先生は考えて言った。順番が終わって、俺を待ってたひじりに手を振る。「夕ご飯たぶんまだやろ。駅の向こう行こうや。淀川見てもええし」「ホテルいっぱいのとこ通ったら怒られへん？」禁止されてんの女子だけやろ、と言うと「行こか。ちょっと待っとって、内緒にしとったけどええもんあるねん」とひじりは自分の棚に引き返す。「安い方のやつやねん。でも父さんのペットショップにも並んどって、お願いしてん」すごい？と歯を見せて笑って、亀ゼリーの袋を両手で持つ。めっちゃいい、と俺は答える。「でも一袋はいらんからまた次にも置いとこう。開けて一つずつ持ってこうや」ひじりは真剣な顔でビニールを開いて「スプーンはいらんのやろか。噛めるん？」と聞いてくる。裏側見てもあげ方は書いてないから、ヨーグルト食べる時のんをとりあえず一本持つ。休憩宿泊、の看板たちを通り抜けてく。「こんな上流来るんは初めてや、見て、おしゃれなパン屋ある」窓に近付いて、僕ならあれやわ大きいしと言って、ひじりが葉っぱの形に薄く引き伸ばされたパンを指差す。堤防に上がると梅田側はビルがたくさん建っとって、ここからはこんな景色なんや。ひじりも横で、全然違う、と見渡してる、向こう岸ばっかり見てまう。電車が同時に三本、橋を渡って鏡みたいなビルの間に吸い込まれる。「こっちはこんな広々なんや」と言うひじりに「正木先生転んだんが、俺のせいやったらどうする?」と聞く。ひじりはこっちを見、こかしたん集君なん?と聞いてくる。「学校から一緒に帰ってきたやんか。俺は無理やろ」まあそれはそう、とひじりは川に向き直る、そのまま黙っとった。舗装された一本道が遠くまで続いとって、そこから川に下りてみても堤防はもう角度の急なコンクリートの壁やった。生き物はおらん、握りこんでたからゼリーはあったかい。

昨日って、帰り何しとった?学校終わってすぐくらいの時、と聞くとよしいちは考える素ぶりをして「別に、普通に帰ったで」と返事した。よしいちの後ろは、雨が草のにおいさせとった。お風呂に入ってから時間が経ってしまった体は汗でもう湿ってまう。敷布団の表面を払ってベッドに入ると、今日は正木先生がまわってくる。「雨で寒くなるからお腹出さんようにね」と平たい毛布を掛けてくれる。昨日すぐに病院に行ったけどめっちゃ待たされたらしい、赤ちゃんは元気に動いとったらしい。お腹大丈夫?と聞くと、ありがとうと答えた。よしいちたちは何で昨日、あんな早く教室から出てったんやろうと考えてると寝られへんから、脚を上げて二段ベッドの外枠をなぞる。あの、草の生えてる角にでも潜んでたよしいちが、赤い門に入ってく妊婦を見つける。放たれるみたいに突進して、尖った肩が勢いつけて正木先生の腰にめり込んでいくのを思い浮かべる。細い脚で立ってるだけなんやから、そら転んでしまうわな。こういう時こそ、犬みたいなもんを抱いて寝るべきなんやわ、と思って起き上がり毛布の角から合わせて畳んで、端から巻いていった。窓の向こうは雨の広がってくような音がして、近寄ると優衣先生があっちの実習生室に帰るところや。傘はなくて両手で頭を押さえながら走ってる。向かう五階建ての事務所棟は輪郭が膨らんで見える。受ける地面がなかったら、雨もこんな音はしないんやろな。一色のグラウンドが広がって、それを事務所棟が大きく一辺、ヤドリギ、セージ、サフランそれぞれの生活棟でこっちの一辺、短い側は給食室棟と駐車場で囲んでる。一回見れたら良かったのにな。このノートかてばあちゃんに俺のこと知ってもらおう思って書き始めたけど、見せんまま終わりになってしまったな。何冊にもなったのに。優衣先生のあの口まで、斜め、線になっとる雨は入ってきてまうやろう、お風呂ももう終わったやろうにな。背中は見られてることも知らんと揺れとって、遠いビルは大きいやろうけど小さく見えてる。

朝玄関を横切ると、のぞき穴から抜け出る光が壁に丸く、虹みたいになってる、中央は広く青や。傘立てにはぎっしり詰まっとって、優衣先生はでもどれなら使ってえか分からんかったんかな。「夜、グラウンドめっちゃ走ってる先生見たで」と優衣先生に言うと、恥ずかしそうに「雨ビタビタに降っとったよなあ」と答えた。朝ご飯の場ではもう、正木先生を突き飛ばしたんは、結局園の人ではないってことになっとった。それでみんな安心した。「よしいちが一昨日、誰と帰ったかとかって分かる？一緒に帰った？」と朝礼台前で帽子のゴム噛んでる一ノ蔵に聞く。縄跳びのテストは待つ時間だけ長い、練習はそんなに続けられへん。お前も聞いたん？と一ノ蔵が顔を上げる。「あの三人、来年やっぱり私立の中学も受けてみるらしくて、塾の見学一緒に行っとんねんて。もう三軒目やって、こだわるよな。俺は私立とか頭的に無理やし、立山はお金的になしやろ」やんな?と確認されて、それはそうやなと静かにうなずく。「せやから隠して行ってんねん、俺も一昨日は途中まで一緒に帰ったけど。見学の時間になるまで塾のとなりのセブイレで新しい、カスタードクリームが挟まってる揚げ食パン食べた。あれ美味いで」と、園と逆方向にある大きな塾の名前を言った。駅前の、八階建てのレンガのやつや。「一軒目の塾は、自習室で勉強したら自習ポイント貯まるんやて、講習一つ受けても一ポイントに数えるらしい。四百ポイント集めたら折りたたみ自転車もらえるらしい、そこは絶対行かんって。私立の中学受かったら、そこの大学まで行けるんやから得よなあ」と一ノ蔵は言い、気い使わせてるな、と俺はプールの方見る。「親しき仲にも礼儀ありやもんな」と一ノ蔵が、覚えたてのことわざを真面目な顔して言う。

学校から園に戻れば、実習期間が今日までの優衣先生はもうおらんかって、大学の授業でどうしても出なあかんのあるからって、もう帰ってしまったでと上田先生が言った。また会えるって、と先生は手を洗いながら続けるんやった。実習期間が終わってからここに来る実習生なんてこれまで見たことなくて、そらそうや、振り分けられただけの人たちや。

雨やから正木先生は一人、屋根のある方の物干し場で洗濯物干してる。波型の半透明屋根を、水は自分の通路見つけて流れていく。近付くと喉がせばまって、初めの言葉がなかなか出えへん。正木先生や、とやっと声をかけて、室外機の上の面に自然な感じで座った。いつもやったらそこ座りなさんな、と注意するはずの先生は黙ってる。先生のサンダルにひび割れがあって見てると、集君これ読める?と薄黄色いスポーツタオルを広げた。イマバシチュウオークオオサカ、と答えると、読めるんやあと言ってそれもピンチに挟む。「ローマ字三年で習うで」と答えた後、用意しとった「正木先生って、ひじりに対してだけ何かやらしいこと言う感じせん?」を聞いてみた。やらしいはどういうこと?と先生は落ち着いて言う。俺が見とって思っただけやけど、セクハラみたいやなってと慌てて答える。先生は事務所棟の方をぼんやり見る。「本人がどう思ってるかは分からへんことない」「喜んでるかもしれんやんってこと?」「そう」「でも、自分やったら嫌ちゃう?」「男から女では、また違うやろう」

表情なしに先生は言う、洗濯物は、同じ風受けて違う揺れ方してる。先生も室外機に座ってとなり同士になった、二人ものったら潰れてまわんかな。「妊娠しんどくて、まあ向いてへんわ」とエプロンからペットボトルを取り出し、こっちに背を向けつばを吐いた。「これよだれづわり、タオルにつば出してる人もおるらしい。そんなんすぐびっしょりやわ」と、ペットボトルに言う。最近もっとひどくなってきてる、詰まってしまって、オエオエ言ってる時もある。見てるんも悪くてみんな知らんふりしようとしてる。「うち病気のお父さんも今おるからさ、自分のお父さんじゃない方やねんけど。そんで旦那も帰ってくんの夜の十一時とかやしなあ」と言うんやった。この人はほんまに、女友だちに話したいだけっていうこともあり得るなと思った。大変やねんやと答えるけど、縦に長いカバン肩から下げて、棟から家帰る先生のその先は、全然分からんのや。カバンは大学生の時から使ってるやつやって言っとった。「集君もな、いろいろを成していかなあかんよ。つらい時とか寝る前に、数えることってそれくらいなんやから」と優しい顔して言う。正木先生は何？と聞くと「大学に受かった、幼稚園教諭と保育士の資格を取った、介護福祉士も取った、就職できた、結婚できた、息子を妊娠できた」と、前を見て答えた。自分のおじさんが死んでしまった時の話を、ばあちゃんはしてくれたやんか。「死にそうになってる時おじさんはほんまに苦しそうで息も上手にできてへんかって、つば吐き散らしながらのたうち回っとった、みんなで囲んでしっかりしてって叫んどった。でもそこからいったん回復したん。持ち直した時に、どうやった?あの時死にそうで苦しかった?って聞いたら、いや、暗くなくてあったかくてなあ、何でみんな起こそうとするんやろうって思っとったわ、って笑った。体はどうせ返すもんやしな言うてたわ、その後すぐ死んだ」それを今ここで教えてあげたいと思った。「つばと一緒に脳みそ出してる気するわ」と先生がまたペットボトルに口つける。「もし一ヵ月後にこの世が終わるって知っとっても、私はその日までちゃんとお腹で、この子を育てるんやわ」と、もうその膨らみから出てきてるかのように撫でるんやった。ひじり君のことやけど、本人が嫌かどうかは分からへんやんね?と確かめるように言われて、俺なら嫌かなと答えた。正木先生は雨の方見て、一人みたいに身軽に室外機から跳ね降りた。

言わんの?正木先生に、そういうことされるん、嫌でしたって、と田んぼの方を見ながらひじりに聞く。「ええねん、正木先生もどうせ産休や」「せやけどさ、戻ってくんねんで。誰かにまたそういうことしたらどうするん」大きな声が出て、「ひじりは出てくからええかもしれんけど」と続けてまう。横の顔は少し驚いたような感じになって、何も言わんと田んぼに顎を近付けるようにかがんだ。稲はどんどん色を変えつつ高くなって、そら完成した時が一番いいにおいやけど、植わった直後が青々できれいやったな。上田先生に言うてんで、とひじりが呟く。「ノートに書いとったやん、されて嫌やったこと。それ結構前に上田先生に渡してん」いつ?と聞くと和歌山の後くらい、と返事する。「どうかしてくれたん?」俺もしゃがみ込む、ひじりは顔が赤いから熱あるんかもしれん。首に掛けてるオレンジのタオルは、もう先まで濡れててでもそれで拭く。「適切に処理したで、って。でも別に何もなかった。上田先生はあの人も、ここ来る前も色々あったからなあ、って励ましてきた。俺が一発、かましたってもええねんけどな、って。ノート見る?」とひじりが振り返る、耳が縮んで見えた。「渡したんちゃうん?」「こっちにもちょっと、ダイジェストで書き写しといてん」とノートの切れ端を、短パンの後ろポケットから取り出す。「見られたらあかんから常に持っとる」と手渡され、後ろの方の一枚を読むと「寝る時にとなり来て腰らへんずっと撫でられる、でもみんなもかも。エプロンめくり上げて、先生おっぱいおっきいかなあ?って聞かれる、分からへんって言うと、男の子は巨乳やでって触ろうとするくらいやないとって笑って、昔はみんなそう見とったのになあ、と悲しい顔される」と連なって書いてあってもう読むのをやめた、ありがとうと言って返した。「いつ滋賀行くん」と聞く。「許可出たらすぐ行ってまうんかも。準備はしてる」田んぼは藻も干上がっとって、足あとが付いてる横に包帯が落ちとる。となりの倉庫には金色の取っ手の、家庭用みたいな白いドアが付いててておかしい。「ロッテリアおごったろか」と俺は立ち上がって、ポケットに入れてきたばあちゃんからの二千七百円を確認する。高いやんか、とひじりは返事して、でも嬉しそうな顔をした。「前ばあちゃんにおこづかいもらったから。ロッテリア食べて走って帰ろう。そしたら夕ご飯までにお腹も空くやろ」ネギの畑はこの前の大雨を吸い込んでしまったんか、色あせて外側から黄色なってる。土のくぼみの水はとどまって、一面ネギのにおいになっとった。店の外に立ててあるメニューを見る。「ダブル絶品チーズバーガーセットでもええねんで、二千円以上持っとんねんから」でもいくらになるんか、税抜きで書いてあるから正しいことは分からへん。「集君ほら、セットのドリンクはシェーキ選んでも同じ値段なんやねんで。でももっと得なんはこれかこれかこれ」と、二百七十円のドリンクたちを指差す。「僕決めてんねん、もう。いつもここでメニュー見とったやん。究極の組み合わせがもうあんねん」と言ってひじりはレジに向かった、俺も首のタオルを取って入る。絶品ベーコンチーズバーガーのセットでふるポテはバターしょうゆ、バニラシェーキでお願いします、と自信持って言ってる。レジ前の地面は滑るようやった。「ポテト、お時間かかりますがよろしいですか?」と聞かれて「ええです」と答えてる。俺はダブル絶品チーズバーガーセットのバナナシェーキにした。店員のお姉さんは、硬貨ばっかりこんなに受け取っていいんですかね?と店長みたいな帽子の人に聞きにいった。手出しもできんと、数えてるん見ながら緊張したけど「この枚数なら可能」と微笑んで、店長は奥に引っ込んでいった。シェーキと待ち札がのったトレーを端の席に運ぶ。ストローを突き刺しただけで、セットがそろうのを待つ。運ばれてきて、思ったより小さいねんなと言うとひじりは「そんなことない」と言って大事なもんみたいに、静かに一口目をかじる。中のハンバーグは舌と上あごで押しつぶすと肉汁がしみ出て、驚くくらいこしょうが効いてる。シェーキにポテトを嬉しそうに浸すひじりを見て、俺は鼻を中指で弾ませるように叩く。すぐに食べ終わってしまって、やってもた、とひじりが声出す。「あのノートの反対側からは、食べてみたいもんメモしとってん。ロッテリア消せたのに、ノートもう上田先生から返ってこうへん」「ひじり記憶力あるんやから、覚えていったらええやんか」そうかな、とストローを抜き差しする。父さんと百均のとなりのゲーセン行った話したやん?とひじりが言う。「百均の向かいにおしゃれな店あってん。僕食器見とって、お皿にパスタが飾りで盛ってあって、売りもんちゃうやつ。おっきいマカロニとか緑でクルクルしたんとか、見せる用に置いてあるんやけど、僕その中のリボン型のんが、小さい瓶に詰めてあったりしてかわいくてどうしても欲しかってん。食品売り場に袋で売ってるんやろうなとは思ったけど、一袋なんかいらんやん?買っても父さんがあの家でリボン型茹でると思えへんし、めっちゃ考えて、そののってた皿に十円置いて一個持って帰ってしまってん」犯罪やろか、とひじりは真剣な顔で聞く。「そんな欲しかったんや」「でも家着いたらもう割れてもうてた、ハンカチに包んで、カバンの中の平たいポケットに入れとったけどあかんかった、捨てた。せやから骨ソードは慎重に持って帰ってきてん」「飾ろうと思ったん?」「使い道いっぱいあると思った。残念やった」と下向いてる。包み紙をできるだけ小さく畳みながら続ける。「集君、おばあさんとこの草の通路、あれから見たことある?紫の、花はもちろん全部落ちてしまってるんやけど、僕らが埋めた、手前の二株のところなくなってると思うねん。今は馴染んでるけど、掘り返されとった気すんねん」もちろん知ってる、と答える代わりに「見たことあるで、そんなことない。目立つ茎もなくなって、もう葉っぱだけになってるから数少なく見えるだけで、土台の部分はちゃんとピノサンテのやつあったよ。思ってるより奥に埋めたんよ」と励ますように言って、プラスチックのカップ表面の絵と段々をなぞった。父さんとおるん、しんどかったとひじりが言う。「二人でいると、僕がここを盛り上げな、と思ってまう」きっと慣れるまでやわな、と考えながら俺は返事して、「夕ご飯の時、今かって上田先生とか朝日先生が喋りまくってるんでもないやんか。大人と話なんか合うわけないねん」と続ける。「ほんで、目の前にいてくれてる親は自分の子なんて、眺めてるだけでもう楽しいんやろ」いろんな人が、自分とちょっと似た子を生んで、きっとそうや。

バニラアイスを溶かして卵混ぜて、浸して焼いたらそれだけでもうフレンチトーストになるねんて、と女子が前ユーチューブで知って騒いどった。朝ご飯用に給食室から来るのは食パンとバナナとヨーグルトだけやから、アイスと卵はどっかで調達してこなあかん。いつかみんなでやりたいなあ、って言うてたら、朝日先生が棟のお金やりくりして余らせてくれて、見たことない、大きな四角いバニラアイスを買ってきてくれた。昨日の夜にそれにみんなで浸しておいた。学校ある日やからいつもより早起きして、重くなったんをホットプレートで焼いてナイフとフォークで、砂糖もかけて食べて嬉しかった。残ったアイスものせた。フォークはいつもそれぞれが使ってるやつで、ナイフは銀色の大きいのやからバランスが悪い。ひじりの、新幹線が一本描かれたフォークは、箸立てにはもうない。残念な連絡やねんけど、と階段上ってきながら園長が言って、「正木先生な、切迫早産で自宅安静になってしまったから今日からもう来られません」と続けた。切迫早産って何？もう赤ちゃん生まれてしもた？と女子が聞くと、「今どうこうではないけど、安静にしとらんとまだ生んだらだめな時期に、小さい赤ちゃん出てきてしまいますよってこと」と横の朝日先生が答えた。お別れできひんかった、最後にお腹撫でときたかった、と女子たちが残念がってた。そんな家で、ゆっくりできるんやろうか、誰かの世話をしてるんやろか。「いつ産休って終わるん？」と俊が聞くと、「産休育休で一年くらいちゃう。戻ってこうへん人も多いけど」と上田先生が言った。それは聞こえんかったように「そういうことやからね。無事に生まれたら写真でも送ってもらいましょう」と笑って園長は階段を下りていった。棟から出て、事務所へ戻るためにグラウンドを進む背中が窓から見える。俺は立ち上がって、優衣先生とはまた違う速度やろう、と思いながらそれを追いかけた。広い場所に二人の影だけくっきりや。園長先生と呼ぶ前に、踏む砂の音で園長は振り返る。近くに寄って、できるだけゆっくり大きな声で言うようにする。ひじりのノートはちゃんと、食べたいもんのページまで見ましたか、対処はどうすることでしたか。上手に書いとっても文字は絶対的なもんちゃうかって、遠くのもんは小さくしか見えんのは、何でですか。大人になっても自分の分しか囲い込むことはできへんのなら、正木先生が元気に子どもを生めんかったらそれは誰のせいですか。道徳的なこと言って嬉しがって、生まれてくるだけで恵まれ過ぎてんのは知ってますけど、みんな、自分の稲かて背負いきれてへんのに。ちゃんと悲しがってるんが、自分の息子や娘やと思って泣いてますか。和歌山の焼肉食べ放題は寒い部屋に、肉がどの部位も同じ色して薄切りに並んどったんは、覚えてますか。アガペーなんて、名前についとってもあかんくて、悲しいことは起こりにくい?それなら俺は、置いていかれた時はどうやった?一瞬でも昔に戻れるんならお母さんとおった瞬間を選ぶって、俺はもう決めてる。どんな抱っこやったかも覚えてないけど、そこめがけて飛び込んでいく、今の言葉で何か話す。短い時間しか与えられへんかってもきっと俺は、母さん、嬉しい、って言ってまう。どこまで口に出して言ったんかは自分でもよう分からんかった。俺から言葉はもう出てこんから周りは静かになった。「集は優しいな」と言って園長は俺の頭を撫でた、髪の毛があるから深くまでは届かへん。そういうことではない、とも俺には今何が説明できたんやろう、とも思った。それで終わってしまって俺はそのまま、塩を撒いたみたいに光る地面を見てる。

あんな背の高い花たちが目立っとったのに、ピノサンテの階段の下は元から何もなかったみたいや。モツモツの家に一人で入るんは初めてで、ひじりは?と聞かれて、もう滋賀行ってもた、と答えるとどこかでバイクの音が長く尾を引く。二人やと、つけっぱなしのテレビも集中して見てる感じになってまうわ。ばあちゃん、八月に冷凍の焼きおにぎりくれたやんか。一パック丸々、あれ俺がずっと前焼きおにぎりが好きって言ったからやんな。好きな食べ物何や、って聞かれて俺は、入院してる人に向かってあんまりおいしそうなもん返しても悪いかな思って、枕もとに貼ってある今週の献立表の一番上のやつ言ったん。冷凍のんは下の売店で買うてきてくれたんやんな。一個ここで食べ、って言われて電子レンジを探しまわった。ばあちゃんが畳んで置いてるキッチンペーパーにのせて、一緒に食べよう思って二つ、談話室でチンした。キッチンペーパーはぶ厚くて、何にでも便利やな。おいしい、って何回か言いながら食べて、焼きおにぎりを嚙む音だけが響いた。トイレから戻って病室の入り口から見ると、晴れた夕方の色が広がって、カーテンの波も横のベッドの女の人も全部オレンジ色に混ざってるんやった。ずっとここにはこういう景色があったんやろな。あっちの病棟の窓は反射して、内部の動きもこっちに関係ない。夜になったら中も見えるから、ばあちゃんも退屈ちゃうかったよな。まだ食べてる途中で、両手で小さくなった焼きおにぎりを持つ影はお祈りの形なんやった。残りは園に持って帰って朝日先生に事情言ったら、特別に名前書いて冷凍庫に入れといてくれた、俺もああいうことをしたかってん。ひじりが行ってまう前の日、イオンでリボン型のパスタをロッテリアのお釣りで買っといた、袋ごしに全部は見えんけど、数えたら一つ十円もせえへんわ。一袋ならカバンに入れても団体で強くて、よう割れんわ。「これ一つ、店に黙って返しとき。パスタは賞味期限切れる前にひじりが父さんに、茹でてマヨネーズでも混ぜてあげたらええやんか。それでマカロニサラダやんか」渡すとひじりは「百均で小さい瓶、買って詰めて飾る」と深くうなずいとった。それを思い出しながらモツモツの上の壁見ると、短歌は「それぞれが連絡橋で待っているぼくに流れるポータブルの川」に変わってる。モツモツはそれに気付いて「一人称が入ってる短歌が好きなんだよな。短歌的にそれがいいのか悪いのかは分かんないけど」と言った。よう分からん、と答える、知ってる文字が知らん順番で並んでるだけやわ。「俺はいつか青い車買うねん」と言うと車はガソリンとか駐車場代とか、維持費がバカ高いぜ、と真面目な顔してモツモツが返事する。そう言われると、途方もなく遠いことに思えた。みんな、誰かに教えてもらってようようやってるんやろうか。「ひじりはこれから親子コンサートも行けるんやわ」モツモツは少し考えて「お前も子どもと行けばいいじゃん」と言う。「そんでその帰りにパスタ選んで食べさせたる」と俺が続けると、今度さパスタここで作ってやるよ、何がいい?とモツモツは聞く。「店の外にある立体メニューの、ハーフセット食べたい」「ハーフセットって三種類あるけど、どの組み合わせだろう」カニクリームとトマトソースのやつ、と答えると「あ、オッケー。ミートソースだったら工場からパウチで送られてくるやつだから作れないけど。クリームソースも持って帰れるわけじゃないけど生クリーム薄めれば、トマトソースはただのトマト缶だし」と胸を張った。ありがとうと言うと、お気になさらずに、とモツモツが笑う。今日のテレビは知らん映画が映ってる。いいところでそれしかないって曲が流れて、背景だけがあんなにぼんやりして人物を目立たせて。

ひじりが送ってきた荷物持って淀川、亀のおった方の岸に向かう。後ろからひじりが付いてきてるわけちゃうから、足もとの安全もよう確かめんと進む。この川も奥の方でどんどん、知らん流れが走ってるんやわ。力を込めて押し出して、誰か手を差し込んで、流れてる意味も分からんままずっと気持ちいいような。あ、自分の中にもこんなんある、それは舗装もされてない、とその時思い出せるような。川にも生まれついての、きれいな直線なんかはないんやった。倒れてる木は波打って、その下に水を通していく、遠いな、生き物は。たとえば今悲しいんは、お父さんのせいではないな。映画と違って、広がっていく音楽なんか鳴りはせんのやから、自分の中で流すしかない。亀ゼリーは、前のんはもう二人で全部使い切ってしまった、亀が見えへん日も一応投げた。ひじりはいつも下投げで放っとった。俺は送られてきた新品のを開ける、亀ゼリーかてパスタかて、全部が全部自分のためのもんなんやわ。今日の亀は二匹が列になって休んでる、水の下にもきっとおるんやろう。透明な硬い袋には、ひじりより、また父さんがくれたから送る、探してるけどこっちには亀おらん、つまらん、と細いペンで書かれてある。ここかてそんなん、亀はおるけど。前にもらって帰ってきてくれたんより高い方の亀ゼリーで、ゆるく緑のリボンがかけてある、バナナ果汁使用の方や。あげ方の注意も書いてないってことはこれも、かたまりのままあげたら亀はどうにかするんやろう。リボンはかかっとったけど、俺にとっては特別でも何でもないもんやという手つきでパッケージをはがす。カップを押して手のひらにのせるとしっかりして揺れもせん、投げると遠くの川へ入る。

膨張

豊かな躍動する体を一人分、長方形のベッドに押し込めて眠っていたら女同士の低く、怒鳴り合う外国語で起こされた。箱型になった空間には、窓からの反射しか明るさがない。連泊していた宿なので、昨日、並ぶ二段ベッドの下同士に寝ていた女たちだと分かる。布団の中で泳ぐように脚を動かし真横に引かれているカーテンから覗くと、暗い壁を背負ってアジア系の女二人が向かい合っていた。カーテンは分厚く土のような手触り、色もそうだ。音を立てて開くと女の片方だけがこっちを見、また口論に戻っていった。二段ベッドが二台の狭い部屋だが、一泊三千円のゲストハウスなので仕方ない、払えば水道は流し放題だ。女たちの言語は同じか分からない。時計を見ればまだ朝の五時前なので逡巡する。できればチェックアウト間際まで寝ていたかったが、注意してもしなくてもここにいるのは気詰まりだ、受ける側は選ぶ余地もない。脚を二段ベッドの枠から滑り落として下りていく、ブラジャーは着けていないのでパーカーの分厚さで隠す。千里《せんり》は寝る時に、フードの付いた服だと首と頭が気持ち悪くて寝られないって言っていたな。洗面用具の入った大きな緑色のポーチを持って、シャワールームへ向かう。洗面台が六つ、シャワーブースが四つ並んでいて、右が男左が女用と、境もなく表示だけでぼんやりと分かれている。横に長く繋がった鏡を見ると前髪の両わきの毛先がうねっていて、手の平で水をすくって髪を梳《す》く、流し台には大小様々な毛が渦巻いている。取ることもせずとなりの流し台に移動しようとそちらを見たが似たようなものだったので諦め、何となく息を止めながら顔を洗った。高いけれど頑張って買っている乳液だけが、ハーブの香りで深呼吸をした。痩せた男が来て、シャワーブースに入って行くのを横目で見る。お互いに目を合わせないが、これが外国人だとまた違う、ハアーイとか言い合う。男の視線が気になって、胸もとが見えないよう襟ぐりを後ろにやる。確かどの階にも四つくらい部屋があるけれど、廊下に出るとどれも静まり、扉は殻の役目だ。壁は灰色、ポーチで撫でながら歩く。ドアの取っ手を勢いをつけて下げ部屋に入ると、片方はいなくなってさっきの、こっちを見た方の女がベッドの下の段に腰掛けていた。携帯から顔を上げて「うるさかったよね」と片言で言うので、「あ、ちょっと。起きちゃいました」と返事をした。「さっきの人は友だち？」と尋ねながら、私はリュックの奥に手を突っ込んですき間を探す。「昨日、初めて会ったけどベッドがとなりだったたし、夕ご飯に一緒に行った」「何食べに行ったの」「寿司居酒屋、すごい。串カツの食べ放題も楽しそうだったけど。アナゴの天ぷらが一匹で皿にのってた。あの子はでもお皿が来てからこれはやっぱり食べられないって言って、私が全部食べた。長い物が食べられないのはよくあるから」ね？と言われて、日本人には少ないかもしれない、分からないけどと答えた。「次の店へも行って、私はちゃんとガイドブックで調べてあった。シャーベットみたいな日本酒が出てきてでも一瞬で溶けてしまって。それでここに帰って来て、明け方にトイレ行こうと思った。その子のトランクがベッドから出る時邪魔になったからあっちに押し込めてたら、音で起きちゃってカーテン開けて、トランクをそんな顔の近くに寄せるなって、トランク開けて何か盗ったんじゃないかって」そうだったんだ、と言いながら片方のベッドを見ると、半開きのカーテンからはもう、うねる波のような掛け布団しか見えない。私も、きれいに直して出て行ったことなんて少ない。「もうチェックアウトしたよ。あなた洗面所行った後すぐ」と微笑まれた。思わず自分のリュックの中身を開け放して確認したくなるけれど、それぞれを入れる固定の位置さえ決まっているリュックは詰まり過ぎていて、点検だって難しいだろうと思いとどまる。横を見ればもう会話は終わって旅立つ準備をする彼女の、薄黒いストッキングを履いた堂々たる脚。

夜の街をまだあてもなく回遊していると、幼い頃に戻るようだ。今日は夕方からの授業二コマでおしまい、明日は御茶ノ水駅近くの塾での授業なので、この辺で宿を取った方がいい。用水路には遠くのマンションが映る、卒業旅行で行ったシンガポールを思い出す。全部が作られたような街で、川沿いをずっと歩いた、水が流れていると街の明るさが倍になるなと思った。店舗の光や、近付かなければ無臭な人たちの顔を繋げて眺める。就職したての時のように、食器を一枚吟味して買っていくこととかは今の私にはとりあえず関係なく、そうなると買い物は加工済みの食料品だけになり、歯磨き粉を久しぶりに買うことが嬉しかったりした。小さい頃は近所のスーパーで、一時間くらいかけて服を見ていたな、買ってもらえるのは半年に二着くらいのものだった。お小遣いはなぜか多くを貯金に回していた、怖がりだった。あんな狭い少女服のスペースで、買うわけでもないのにこのTシャツにはこのスカートかこれが合うか違うか、みたいなことを鏡のそばでずっとしていられた。二色使われたパーカーがあって、赤とピンクの組み合わせのと水色とクリーム色のもの。買ってもらえるのは一着で、本当にそれだけで何日も家で悩んだけど、どちらを選んだんだっけ。壁際に寄って塾へのメールの返信と宿の予約をした。調べると近くに銭湯があったので入る。バスタオルを借りるなら一枚二百円、小さいタオルは百円だったのでバスタオルだけを借りた。脱衣所ではドライヤーの音が響いて、おばさんたちはここがホームのように過ごしていた。らせん階段で一階分、裸で上がって浴場に行く仕組みだ、小さいタオルも借りるべきだった、帰りに床を濡らしてしまう。銭湯では幼い頃から、おばさんたちに何度も怒られている。くくっている髪の毛が湯船に入っているとか、ロッカーを濡らしてるとか、ジムのシャワールーム入口では裸になるなと怒鳴られた。それでなくても人の目が多くて、何も隠せるものもなくて外より萎縮してしまう、湯の中に入ればぼやけるけれど。体を洗い、誰もいなかったので風呂に頭の根もとまで埋めた、耳をお湯に浸すと心臓の鳴る音が聞こえる。背中から水に浸かっていくのは付き合う前に、千里と抱き合っていた時に似ている。耳が先から入っていった瞬間鳥肌が立ち、しばらく経たないと脱力できない。慣れれば頭から力が抜けるところも、ぼおっという音しか聞こえないところも、最初の頃は本当にそうだったな。浸る全身を見ればこの前ネットで見たオーロラの写真と同じ連なる表面、光を発する丘陵。浴場を出て階段の上から覗くと人は見えない、手で肌を撫で水を切って急いで下りる、良かった、誰にも見られなかった。ロッカーの鍵に付いている木片の番号札が、汚い気がして開けた後に手を洗った、化粧水をつける前は、手がきれいじゃないと気になるから。荷物は大きく膨れているので、さっき脱いだ下着を平らにたたみすき間に滑り込ませる、冬服はかさばるので座り込んで、真剣に入れ込めなければいけない。下着だけはたくさん持っていて、実家の時はジーンズさえ毎日洗っていたけどな。硬い背中にリュックを背負って歩き、夕飯を食べるために回転寿司のカウンター席に座った、関節の多いレーンが迫ってきた。タッチパネルの生ダコと寒ブリの潤う表面中央を指で示す。となりのスーツを着た子が箸を割り、一人なのにいただきますの仕草をしていた。偽物のソフトクリームがまわって来てあれ取れ、と向かいのテーブルのおじいさんが連れの女性に言う。お父さんあれは違うから、注文しようね、と女性は優しく肩に手を置き、それで、そうする。

懇親会を千里は毎回楽しみにしているし、一人だと入る時にどういう顔したらいいか分からないから、と私を連れて行く。モテてきたからか千里は受け身なところが多い、付き合った直後くらいに言われたので甘えてもらえて嬉しかった。バーテンダーのくせにね、とからかった。薄い空の色、駅の雑踏で地面は斜めだ。ちょっと着く時間早くない？と私が聞くと、「このくらいでいいんだって。早く行ったら田中さんとかとも喋りやすいじゃん」と、会のリーダーを挙げた、四十分前は早過ぎだと思った。道には熱帯みたいな木が立っていて、柳が風を見せる。簡単見守りキャンペーン、というポスターがさりげなく貼ってあった、簡単、とは?店は安めの洋風居酒屋で、木片を重ねた扉の前には、一回会ったことのあるような女が立っていた。林さん、早いじゃん、と千里が呼びかけた。女は手持ちの四角い鏡を見ながら口紅を塗っていた、少し汗のにおいがした。「あ、千里ちゃんも取材映るの?もう店の中カメラ来てるよ」「何か撮ってるんですか?」と私が聞くと、「ニュースの、アドレスホッパーの特集で流れるらしいよ。田中さんと何人か取材受けて、懇親会も途中くらいまでは撮ってるって」と答える。千里は携帯の画面に映して横髪を整えながら扉を開け、私もそれに続いた。いつものように簡素な立食パーティーの配置になっていて、カメラが一台とそれを囲むスタッフが何人か集まっている。「田中さん、お疲れ様です」と近付いて行き、千里です、と田中に名前を忘れられている場合を恐れてか付け加えた。お疲れ、と笑顔で田中はこちらを向いた。「取材どうですか?」そのまま木のカウンターに肘をついて話しかけ始めたので、私は少し離れた場所で同じ姿勢をして辺りを見回す。主催者である田中は忙しそうで、あ、まずマリに会費払っておいて、と言い残され一人になった千里は「私も手伝いできたらいいんだけど。カメラあんな感じか、小さいね」とこっちに来て言った。カメラの大小は分からなかった。千里がちらちらと見ていたからか、カメラを持ったスタッフが近付いて来て、「お話聞かせてくれます？カメラ大丈夫ですか？」と聞いた。あ、はい、と少し目を大きく開けて千里はそれについて行った。ドリンクも持たないので手のやり場もなく、ぼんやりと目で追っていくと、染みのついた壁の前で思慮深そうな顔をして話す千里、その横に見慣れない親子がいた。直近の懇親会には五回ほど来ているが、見覚えのない二人だった。取材を受ける順番を待っているのか、子どもは小学生くらいだろうか、髪の毛は長く伸びていて鎖骨の下辺りまである。でもこんな親子が、ここに関係あるんだろうかと目線を外すと、母親らしき女が子どもの手を引いてあの、と言いながらこちらに向かって来る。「参加費ってもう払いましたか」「初めてなんですか？」「はい。あ、お支払いしないと」と言って財布を大きなトートバッグから取り出そうとする。バッグの口は大きく開いていて、店内の暗さの下ではビニール袋ばかり詰まっているように見えた、四十歳手前か、声は高かった。「あの私、係じゃないんですよ、私も払いに行かなきゃだめなんですけど」「そうなんですね、慣れてらっしゃるみたいだったので」と、女は探す手を元に戻した。ほら、こんにちはって、と女が促すと、子どもは口をしっかりと結んでこっち見ている、恥ずかしがって女の脇の下に入り込む。間が持たず、小学生?と聞いた。「まだ五歳なんです、体大きくって」もうくっ付かなくなっちゃった、と言って子どもが電車の柄のシールを私に差し出す。受け取ってみると裏に毛や粒が貼りついて、折れ目もあって柔らかくなっていた。娘さんですか?と聞くと「男の子です」と言われ、なるほど、と変な返事になってしまった、服もグレーだったので分からなかった。それじゃ名札、レジ前に取りに来てくださーいという声が聞こえたので、三人で小さくちぎられた養生テープとサインペンを受け取り、カウンターに戻った。名札に津高《つたか》と書き込んでいると女が笑顔で覗き込んできた。「下のお名前は?」「あいりです」じゃああいりいですね、とあだ名をつけながら、女は名札にイブ、と書いた。イブ、と私が呟くと「井伏っていう苗字だから。イブさん、って呼んで」とイブさんが言った。「ウオって呼んで」と子どもがそれだけはっきりと発声した、説明はなかった。

カメラの準備が遅れているのか、まだ会は始まらない。手持ち無沙汰になった千里がこちらに寄って来て、名札ってどこでもらった?と聞くので案内する。千里の書く字を眺めながら「懇親会って、アドレスホッパーじゃない人も来てるの?」と聞いた。「してる人と、これからなりたい人とか?田中さんたちの友だちもたまにいるけど」「あっち、端にいる親子ってどうなのかな」千里は顔を向けた。「あれは、どうなんだろ。あんな子ども連れてできることでもなさそうだけどな、初めて見たな」「千里の字って大人っぽいよね。野球部の男子でさあ、こういう字の子一人はいたよね」「私テニスなんだけど」体をひねって少し千里に密着させるが、すぐに離れてしまった。あちらから太田が来る。「千里。あ、あいりさん。何か疲れてます?」「疲れてはないですけど」「太田、今日テレビカメラ入ってるって知ってた?」「うん。俺田中さんと仲良いし」私にも言っとけよ、と言い合いながら、二人はドリンクカウンターに行ってしまった。

遠くを見やるとウオが一人で、子ども用ではない高い椅子に座っている。近付きウオ君、と話しかけると「ウオって呼んでって」と不機嫌そうな声を出したのでウオ、とすぐに呼び直した。おしぼりの白い布を、端からキツく巻いていっている。お母さんは?と聞くと首を横に傾げた。ウオの長い髪はまだ細くて薄く、浅黒い皮ふを這っている。「友だち?」とあちらの千里を指差して聞かれた、飲み込むようにじっと見ている。「まあ、そう」頭を振って言うと、正面で納得したように頷いた。イブさんがあちらから料理を持って来る。「ウオが食べられそうな物があんまりなくって。これ、鶏の焼いたやつ食べられる?トマトは入ってないけど」と尋ねた。お腹が減っていたのか、ウオは下を向いて勢い良く口に入れていく。「ピザもね、トマトソースじゃないのなら良かったんだけど。アンチョビとか」ウオは噛みながら時々指を口に突っ込むので、触れるテーブルが油で光った、イブさんが固いナフキンでこまめに拭いていた。並べられると二人は手が一番似ていた、イブさんの手首の上の方にはくっきりとした噛み跡があった。イブさんが持って来た二つの皿には、大きい方にピザやパスタ、唐揚げやスクランブルエッグが山盛りになっていて、小さいのには皮が付いたまま胴体を斜め切りにされたバナナとプチケーキがのっていた。見てて、と言ってウオはテーブルの上にある爪楊枝を鉛筆のように持つ。一番きれいなバナナを皿からつまみ出し、その黄色い表面に爪楊枝の尖った部分を筆にして跡をつけていく。「バナナの実にまでは刺さらないように」と小さな声を出している。その一本だけでは足りなかったのか、皿にある三つのバナナに同じことをした。イブさんは慈悲深い顔で、絵を描くウオを見守っている。「どこに住んでるんですか?」と聞くとイブさんは顔を上げ、「渡り歩いてる、みんなと同じよ。だってアドレスホッパーの懇親会だもの」と答える。そうですよね、と私は相槌を打つ。「子ども連れでっていうの珍しいなって思って。二人だと高くならないですか?」テーブルは拭く先からまた油でコーティングされていく。「ゲストハウスとかだと、ベッド一つで二人寝るって言ったらウオの分取られることなんてないし、漫画喫茶なら子ども料金だったり。結構、親切にしてくれるのよね」漫画喫茶に入っていく二人を想像する、低いパタパタするだけのドアを開いて、突っ張る布の床へ音を立てないように脚から差し込んでいく、ウオと四角い壁。「ああ、別にそれでいいですもんね」「小さい内からいろんな経験をして、知らない人に会ってほしいと思っていて」イブさんはにっこり笑い、薄そうな皮ふに細かなシワが寄った。あいりいだってそうでしょ?と聞かれて「そう。そうですね、私はあそこにいる子に影響された部分もあって」と千里を指差す。太い柱一つ隔てて、千里は知らない女と距離を詰めて話している。女は熱心に若さを発揮している。私の横顔を見て、気にすることないわよとイブさんは言い、「独身の時ってむやみに人に話しかけてた」と続けジントニックを飲んだ。「店の人とか、飲み会で上司にとか、何であんなに頑張っちゃってたんだろう」結婚はしてるのだろうか、どこまで聞いていいものか特に、この懇親会ではよく分からない、でもそれはこの会が特別なわけではないな、イブさんが口を開く。「社会人一年目の時とか、建築系の会社に勤めてて自意識だけ強くて、上司と二人での喫茶店に耐えられなかったり、取引先の人に誕生日一緒に飲みに行ってくださいよとか言っちゃったりしてたな。後輩の前では変に気負ってしまって。若い時って分からないから、恥ずかしがって、やり過ぎるものだものね」ウオは、会話の切れ目を待っていたように、イブさんにさっきのバナナたちを差し出す。なだらかな黄色い皮に、茶色い線が浮き出てきている。同じ形がいくつも並んで描かれている。これ何?と聞くと、「バナナにその、成分があるからこうなるんだって。公園で会った子に聞いたの。テレビで言ってたんだって」とウオが答える。ね？とイブさんがこっちを見、子どもって、親が教えなくてもいろんなことを学ぶのね、どこからでも、と微笑んだ。微笑みを返してバナナをよく見れば、この絵はきっとカウンターに並んでいるグラスたちのスケッチだろう。イブさんは乾いてしまったポテトフライを次々に口に入れ、「食べてる？」と微笑んでウオの額の、はぐれて割れてしまった前髪の何本かを大きな束に撫で付けていた。

携帯が震え、画面の通知を見ると姉からだった、通話ボタンを押した。「あいり？ちょっと母さんに代わるわ、どう暮らしてるか、結局母さんまだ分かってないみたいよ。説明するにも、私も半年経ったってよく分かってないし」と声が聞こえた。商業ビル沿いに窪みを見つけそこに入る、壁に背を付けて荷物を降ろし、脚で挟んだ。大学の時、嫌いな助教授からの電話もこうやってビルの陰で取ったな。もしもし、と声がする。「生活は落ち着いたん？そんで今どこに住んでるんよ」「だからゲストハウスとか、ない時はネットカフェとか。ゲストハウスっていうのは、何か小さなホテルみたいなんで安く泊まれるの、一泊三千円とか。二段ベッドとかあって」「そんな、ベッドだけで、ユースホステルみたいなもん?男の人も泊まってるん。ネットカフェ難民か」「だからアドレスホッパーって言うんだって、結構いるの。懇親会したら若い人もめっちゃ集まるし。ゲストハウスは男女部屋が分かれてる所も多いし、おしゃれな建物も多くていろんな人と出会えるから、その時々で友達になったりして楽しいの。外国人とかもいっぱいいたり」「カタカナはよう分からん、千里君と住みゃあいいじゃない」母たちは、千里は男だと思っている。「だから、千里もこういう生活してるんだって」「そんな、引っ張られて」と、母は深刻そうにする。携帯は耳に当て続けていると体温が移ってか自分で発熱しているのかぬるく、こういう電話ほど歩きながらした方がいいんだけどな、でも荷物があるからな。「別にずっとやっていくわけじゃないし。塾講師になってからいろんな塾で授業やるからさ、どこに住む、っていう決め手がないのよ、それだけ。楽しく暮らしてるから。また実家寄るね。お姉ちゃんに代わって」と説明すると、母は何も言わずに電話を代わった。「母さん、あれで分かったと思う?」「まあ。後でまた聞いてくるかなとは思うよ」と姉は言って続ける。「アドレスホッパー?って言ってたやん、前。聞いてからネットで調べたけどさ、家借りた方が安いんじゃないの、その日その日で宿変えるよりさ」親は兵庫に長く住んでいたので関西弁なのだが、姉がその真似をして幼い頃から関西弁が時々出て、それが気持ち悪かったのを思い出した。「だからさ、通勤の効率もいいし、それだけの問題じゃないのよ。そこで出会える新しい人とか、若いうちにしておきたいの」向こうで息を吐くのが、近くに聞こえた。「実家リフォームの間は、うちの賃貸に母さんが一緒に住むじゃん」うん、と答える。「住民票実家にしてるよね」いつまで？と姉が聞く。「でもどこかに住民票置かなきゃなんないから」「そういう転々としてる人たちって、彼氏もそうなんだよね、どうしてんの？」「シェアオフィス借りて仕事してたらそこにしてたり。実家の人も多いんじゃない」リフォームの後あいりの部屋はないけど、一応確認、と続けた。「もちろん」「客間も作れないしね。あと一人は生みたいから、子ども部屋は大きくして何年後かに分けられるようにしようと思って。ミチ君も小さくても書斎欲しいって言うし、母さんの部屋は一階に作っとかなきゃいけないしで」「今さら二世帯の家に私が住むもないでしょ。息苦しいでしょ」「となりの家は何か、死んじゃったから息子さんが売るらしくて、境の塀がさ、ウチの方が登記簿よりもはみ出てるらしいのよ。知らないよね、前から建ってる壁だもん。直すからウチもお金出さなあかんのよ、四割だって。ちゃんと仲良くしてたのに」大変だねえ、と小声で言うと、「あいりの物は和室にまとめてるから取りに来たら。アルバムとかあるけど、パソコンに画像移しちゃってもう捨てるのもいいんじゃない、身軽じゃん。シーズンオフの服とか置きに来てるけど母さん荷造り大変だろうし、引越しでなくなっちゃうかもしれへんから整理したら」と早口で言われたので、はいと答えて電話を切った。小学生の頃か、留守番をしていた私は一人、洗面所でスパゲティを折って短くし、ままごとのフライパンに入れた水でふやかして遊んでいた。スパゲティは白くなるだけで全然柔らかくならなかった。その時足もとから音が聞こえた、すぐには動けず、頭だけを軽い棚のすき間に隠した。それはマグニチュードとかで言えばどうということもない地震で、帰って来た親は気付いていなかった、でも私の浅く赤いフライパンは大きく揺れた。よく建物なんて作って、持っているなと思った。家々がどう接続してるかなんて考えたことなかったな。疲れたのでホワイトチョコをひとかけ取り出し口の中で溶かす。携帯は肩から掛けている、白く薄い布にpleasureと書いてあるバッグにしまって重たいリュックを背負った。

朝のニュースをオンタイムで観ようと思うと難しく、私たちはテレビのあるゲストハウスをやっとのことで思い出し、そこへ泊まった。ラグビーならスポーツバーでみんなで観戦できるのにと千里が言った。起き慣れない時間にアラームが震えると、ベッドの頭の方から朝日が白く、私の上を渡っていた。横のを覗くと空だったので共有スペースに下りて行くと、千里はコーヒーの湯気を受けながら、向かいに座る外国人のカップルと談笑していた。大きな窓から陽が差し込み人工の観葉植物の、太く光を斜めにする葉。コーヒーは無料サービスと書いてあるので、自由に使っていいカップになみなみと注いだ。「この方たち、オーストラリアからなんだって」と千里は紹介してくれ、自分がこれからのニュース番組に現れるかもしれないと説明していた。四人で見守る中、千里が画面に登場し「新しい一つの生き方ですよね」と一言言っていた、イブさんのコメントは十秒くらい流れた。カメラを通すと、洋風居酒屋はより暗い場所に見えた。コンビニのマカロニサラダをつつきながら見ていたオーストラリア人の男は、これ君?クールだねと言ってくれた。困る点もありそうだけど、というコメンテーターの台詞を笑顔で受け、移り変わる暮らしを自ら楽しんでいるんですねと、どうとも思っていない表情でアナウンサーが締めた。「あー、でももっとちゃんと喋ってたのに」と、千里は低い背もたれに上半身を預け、もう二人、体の向きを変えてしまったカップルの方を向いたまま言った。「もっとテレビ映えすること言っとけば良かったかな。ニュースなんて細工だしな、やっぱり」注目されれば清濁は問わず、ただ分かりやすい流れにしていくもの。でもさすがにあの小さい子どもは出さないんだね、と顎を上げて言い千里はフード付きパーカーの、首元の紐をしごいた。クリーム色なので汚れは目立つ。「あの子は座ってご飯食べてただけだしね」あいりも結構食べてたね、と笑って「ねえ、親と食べたもんの中でさ一番おいしかったのって何?」と千里が言った。「何だろう、平目とか昔家で結構母さんが捌《さば》いてくれて食べたけど、それかな」「私は中華街にさ、秋に家族で行って二往復くらいして。それで奥の方に鶏チャーシューが有名な店があって、ラーメンの上に半身、大きくのってた。全員それとチャーハンのセットを頼んで、ムネ肉の方がおいしかった。二階に料理を運ぶ小さなエレベーターがあって、それればかり見て食べた、たぶんあれだったな」私は千里の手を上から包んだ。「今度行こう」宗教画のように光差す部屋で、前のカップルは並んだ太ももを付け合っていた。

夜は太田に飲みに誘われたので外食だった。俺はね、ファーストキスはトランポリンの上でしたよと太田が大きな声で言う。「小学校のプレールームがあって、ボールプールとかとび箱とかに囲まれて中央がトランポリンでさ。狭い普通教室の一個なんだけど、掃除の時間に暗い中入って行ったらクラスメイトが膝枕しながらチューしてて、憧れてすぐ真似した。その頃なんて真似しかないから、トランポリンは考えつかなかったなと思って。そのキスした子と、就活の時同じ企業の二次面接くらいで偶然同じで、まあ帰りにヤったよね」トイレから戻って来た千里が「トイレといえばさ」と言って太田のとなりの席に戻った。「幼稚園くらいの時アパートの上に住んでた同い年の男の子がよく家に遊びに来てて、私がトイレ行く時絶対一緒に入って来てたんだよね」エロい話?と太田が聞いた。「そんでずっと見てただけ。で、私のお母さんがいない時にはその子の母親も一緒に入って来てじっと見てたんだよな。並んで、細長いトイレで親子の目線は下の私に向いてて、あれ変だったな。顔が細くて似てる二人がさ」怖、と太田が言い、あいりさんは?初体験とかは?前に乗り出して水を向けた。初キスの時は、結構つばのにおいがするんだなあって思った、と答え、ソフトクリームを巻く時だけが楽しかったハンバーガー店のバイトのチーフを思い浮かべた。何それ、と千里が笑った。俺はタイ人と付き合ったことある、改札越しに指輪も投げて渡したしと言った後、二人は今日どこ泊まるのと太田が聞いたので千里の方を見ると、「ラブホかな」と肩を押さえつけるように抱かれて嬉しかった。会計は四千円渡したのでお釣りがあるはずだったが、もらえなかったので出していた財布を鞄の底にしまった。

大きな神社を通り過ぎる。夜なのに結構人がいるんだと思っていたらお祭りみたいで、入ってみようとなって一緒に鳥居に立つ、千里は手前で小さくお辞儀をした。目が合って恥ずかしそうに首を傾げた、夜の境内は砂ぼこりももう落ち着いて歴史そのもの、支えられる松、連なる鳥居はどこか奥へ続いている。輪投げとかやる?と聞いてみたが、景品は荷物になるよと首を振られ、お腹もいっぱいなのですることはそんなになかった。「昔紐付けてお守り首から下げて、トイレ行く時は怖いからそれ握ってた。いくつかのお守りを剝いて合わせて一箇所に入れてた、まとめて。一番きれいだったお守り袋に」それダメなんだよ、と笑うと千里は黙ってしまったので「お守りって中身は何が入ってるの」と私は横の肩に顎をつける。何か金色の厚紙、と答えて千里は電飾と暗闇の境界を、頼りない視線で追った。「あと玉のお金とか、アルミホイルが折りたたまれて長方形になってるのもあった、光ってたらそれでいいのかな」前を行く人たちは鳥居のできるだけ端を身を低くし通り抜けたり、出てからこちらを向き一礼したりを、それぞれしている。みんな私の知らないことをいろいろ知ってる。「明日の朝飯買って買ってくわ」と千里がコンビニに私を引っ張る。パックの寿司って、買う時が一番おいしそうだよねえと言い合いながらおにぎりを選んだ。頭から何か振り落とすように頭を下げる店員が会計をしてくれ、そんな礼をするほどのことじゃないと伝えたいけど、何語を話す人か分からない。

川の、開けていく下流の方にある簡素なホテルの内部はくすむピンク色で、奥行きのないエレベーターに挿してある造花は梅とパールになっていた。前は赤と銀色の大輪だった。少し生臭いのも体内のようで、バス・トイレはドアを開けて右に三段上がった先にある。部屋に入ると千里は風呂に湯を溜め始め、荷解きをしている、私はベッドに腰掛けてそれを眺めた。かがむ背中は、黒いリュックと同じに見えるか、その中に飲み込まれそうになってる気もした。先入っていい?と千里がポーチを持って風呂場を指差す。いいよ、と言うとすぐに行ってしまったので、目の前の大きな、鳥みたいなリュックからこぼれ出ている物たちを見ようとしゃがみ込んだ。どこか遠くの地方のラブホには全室に空気が流れる透明な筒が通っていて、電話をするとカプセルがやって来て、料金をそこに入れるとスポッという音を立てて吸い込まれて行くって誰か言ってたな。触るのはばかられるので表面のチャック、腹を開いたような内部を顔の角度を変えて眺める。見えるのは靴下のベージュ、充電器などのコードたち、まとまる!と書いたラベルも貼りっぱなしのヘアワックスなどですぐ飽きる。足の小指の爪を触ると真ん中がへこんで、縦に線が入っている。皮ふ科では水虫じゃないと、足に顔をものすごく近付けて言われたけど本当かな。千里と交代でお湯を浴びた後、無料の水のペットボトルを手にして、千里が寝転ぶ少し高さのあるベッドに登った。天井を見れば部屋の形はいびつで、うつ伏せで携帯をいじる千里の肩から背中にかけてに飛びついた。すべすべとしていて、自分のと同じくらい広い背を撫でる。テレビには宇宙の映画が流れていて、そのままの姿勢で少し見る。宇宙飛行士が爆発を受けて空間に投げ出され、懸命にどうにかしようとしている。こういうの見ると、一人助けるのにロケット一機とかこんなに金かけるのかとも思うしさ、命を賭してまで部品の修理とか破片の採取とかその程度をするのか、とも思うし複雑と千里が言うので、触っていたお腹が動いて気持ち良かった、飽きたのか携帯ゲームに戻る。乾燥しているので、コンビニで買った冷凍グレープフルーツがおいしい。薄皮を剝いて冷凍してある、凍っているので味はほのかで、少し歯を入れるだけで繊維が割れていく、次々と口に入れる。「千里はアルバムとか写真どうしてる。置いたまま？やっぱりデータにしてるの？」「アルバムはないね」「全然？」「もうない」たとえば千里は大学を中退しているので大学の、サークルとか就活の話を私は避けているのだが、これもそういう話なのだろうか。それなら申し訳なかったな、でも、幼少のトラウマがない大人なんているかな。見上げると、千里は画面の対戦を見ながら「思い出に浸るって年寄り向きの娯楽だからね」と言った。そうだね、と固くて厚いバスローブ越しの背中に上半身半分を預ける。紐で結んでいるだけなのですぐはだけてしまう。千里の胴体側面には小さなホクロかシミかが、川の石のように点在している。大きな胸は横を向くと柔らかそうに流れる、カーブは最高。千里は私ごと体を起き上がらせながら「でも私、小学校の図書委員会で後輩の男子に、少女マンガみたいな顔してるなって言われたことある。それは時々思い出す」と言う。「そうなの？」「そうなの、私少女マンガみたいなの」千里は顔に手を添え首を傾げた後こちらに覆いかぶさってくる、私は跨ぎやすいように、脚を少し重ねて細くした。千里はいつも静かに私を殴る。固有のスペースではない漫画喫茶のブースとかでは、大きな音をさせられないから殴る、というよりつねられ爪を立てられたりする方が多い。私は悲鳴をあげないようにするが、あまり声を出さないのも満足させられないかもしれないと思い、うん、とくぐもった声を出す。声の調節ができている点ではセックスと同じだ、つねられた箇所はすぐに赤くなりそれから変色していく。でも私は殴打の痕の方が好きと思う、広く、湖みたいになる。一緒に写真展で見た田園風景を思い出す。「小学校の時、透明な水を新鮮な水って呼んで、朝の休み時間にはそれを校内で親友と探し回ってた、昼になるとぬるくなっちゃうから。冷たくないと新鮮な感じがしないから。給食室の裏からよく流れ出てた。その子が引っ越してからは一人だった」「中学一年の頃は体操ジャージの上のチャックを胸もとギリギリまで開けて、これでオシャレだなって思ってたもん、担任の先生がそれ津高さんセクシー過ぎるわあ、って毎回たしなめてくれたけど、トイレの長い鏡で授業が始まるまでずっと微調節してた」千里が爪を立てている間、私はこれが何でもないと強調するみたいに、関係ないことを話し続けてしまう。小声でいくらでも話せてしまう、口から出てくるのは本当のことばかりだ。受ける箇所は肩からどんどん下りてきて、優しい動きになっていく。千里は殴っていない時と変わらない相槌を打ってくれる、迫ってくる床と壁、強く包み込む、波ではないもの。その後セックスに移行して性器を付け合うが、溶け出して、一つになるとかは全然ない。眠りは奥に行くことで、中心から重くなっていく。時計を見ると三十分ほど寝たようで、つけっ放しだったテレビを消した。夜中に起きると絶対におしっこに行きたくなるので立ち上がった。スリッパは見当たらず、プラスチックのような質感の地面を冷たく進む。バス・トイレの磨りガラス戸は重く、肩の力で押し込んだ。ラブホににおいのきつい洗面用品ばかりあるのは、葬式で線香を焚《た》くのと同じだろう。ペットボトルを握って固いソファに座る。ラミネート加工のメニューの裏に、手の込んだ落書きがある。蜘蛛のようなモンスターはトゲがたくさん生え、顔が二つある。そうか、これは黄色いモンスターの上から誰か重ねて描いたのか。上から描かれた青いモンスターは牙をむき出しにして笑っている。殴られた痕はまだ赤色だ。ベッドに帰るとおいで、と千里が小さな声で言って、腕枕が用意される。千里の指を一つずつ軽くつまんでみる。私と姉は神様の代わりに、死んだ祖父を信じている。ありがとう千里をくれて、おじいちゃん、いなかったらどうなってるか分からない、と胸をいっぱいにしながら目をつぶる。枕もとに脱ぎ捨てられたニットのにおいが、相手が誰であっても私たちを抱き合う羊にする。空調の中の水音、寝ている千里の真剣な顔、真っ暗な中だとこんな体では変な気もした。ここはこんなに薄く、肩はこれでいいんだろうか。

久しぶりに会うと姉は、伸びる素材のジャンパースカートをはいていて子どもの時みたいだった。でも胸が大きくなっているように見えた。「ゴミ当番らしいんだけどね、通りの。でもリフォーム会社とミチ君の予定すり合わしたら、その金曜日は母さんウチに泊まるしかなくて。アルバムとかの整理しに来るって言ってたでしょう。その日に実家泊まっててよ。それで朝燃えるゴミのネット出しといて。近所の人には頼みにくいんやって、働いてる人ばかりだから。野中さんももういないからさ。いける?」「何でそれ母さんが直接言ってこないのよ」「断られるのが嫌なんじゃない」別にいいけど、と言ってロイヤルミルクティーをすすり、異物感があるので携帯を鏡にして覗き込むと目に入ったまつ毛は悠々と振る舞い、取るのに手間取った。姉は肩をすくめ「いいね紅茶飲めて」と果実酢の入った炭酸を吸った。「妊婦って飲めないんだっけ」「一定量まで大丈夫って言うけど、紅茶もコーヒーの半分くらいカフェインあるらしい。今は私しか守れないわけだから」と腹を払うようにした。「そうね」「つわり本当辛くて。元より快調になる部分一つもないからね」頷きながら聞いていると、ごめんね誰に会ってもこの愚痴言っちゃう、と姉はストローでグラスの中身を一回転させた。待ちわびて、いざ来るのは痛みだし。「荷物やけど、小さい頃からのアルバムは私のと合わせてずっと置いておくつもり。でもなくならない保証もないし、気に入ってる写真は自分で持っといたら？卒業アルバムはかさばるからどうにかして欲しいかな」昔付き合っていた男の家から朝帰りする時、百円の自販機でいつもミルクティーを買って駅まで歩いた。その冬しか一緒にいなかったから、白い缶でクリーミーでぴったりだったな。空き地にも家が建つんだって、と姉が言う。「マンション？」「ううん、似た家が何軒も建ってるようなやつ。道路もきれいになっちゃって」「めっちゃよく遊んだよねあそこで」「何か運動会ごっことか、各々調理用バサミ持って来てひたすら生えてるススキ切っていって、それ真ん中に敷き詰めて寝てリビングだー、みたいなね。あれ何で秋になるたびやってたんだろう。あんた、その上で踊ってたやんね」踊ってはないでしょ、と笑うと姉が左の窓を見たので、つられてそちらを眺める。薄ピンクの、鳩よけの網が囲むアパートがあった。窓が多過ぎるな、ああいう階段でよく、二人で物でも落として遊んでいたな。「中で育ってる感じはする？」「まあ、張ったりすると。妊娠してから涙もろくなっちゃって」と姉がため息と声を出す。「たとえばね、朝NHKつけるじゃない。子供向けのダンス番組やってて、それで立って踊ってる見本と座って踊る見本の子とが大勢、混ざり合ってダンスしてるの、何かそれ見てるだけで泣いちゃう」私だってそういう他人の配慮とかに、泣くことあるよ。段のついたホールで見たライブ、それは局所的な歌ばかり歌う若者のバンドで、真ん中で聴いている大きな体をしたおじさんがずっと腕をバネにして振り続けていた。夢を歌った曲の時だけ仁王立ちして受け止めるような格好でいて、もうそれ越しにしか演奏を見られなかった。それとはまた違うか。「虐待のニュースとかもダメだね」と答えると「ニュースはもう見てない」と姉は顔をしかめた。「視聴者を泣かせたいという一心で作られたニュースでもね、泣いちゃうから」「ミチ君は嫌がってないの？二世帯は」「子供大きくなってから仕事するなら母さんいてくれた方が楽でしょ。みんなちょっとずつ無理しなきゃまわんないんだよね。ごめんね、実家帰りづらくしちゃって」ううん、と言うと「母さんの介護はだいたいやるわ」と姉は笑って手の甲、指の関節で目をこすった、小さい頃はよくものもらいになっていた。ススキを根もとから収穫しては繊維のように並べていった、あの乾いた重量と踏み応え。できるだけ同じ長さに切って、ひらめく葉を剝いでいった、晴れるとススキはただの光なんだよな。姉は「トイレが近くなっちゃって困るわ」と言って立ち上がり、念のため壁伝いに歩いて行った。腹はなだらかな弓の形で、飛び立たせる準備をしていた。

塾の講師席はどれも、決まった自分のものではないのでシミが目立つ。できるだけ座っていたくないので、ゲストハウスの地下にあるカフェで教材研究を終えてから出勤した。八階に上がる、エレベーターに同乗する生徒たちは、視線がぶつかり合わないように斜め上を向いている。席には同じ時間始まりの講師何人かがいるので、虚空に向けておはようございますと挨拶をした、少し返ってきた。個人ロッカーから参考書など取り出し高く積み上げた、これから九十分立ちっぱなしだ、講師室は静かで、向かいの人の息継ぎさえ気になる時がある。教卓に着くと、女子生徒たちが四人寄って来た。「せんせ、明日香の顔、何か変わったと思う?」「絶対分かるよね」「でも元からかわいいからね」「えー、ありがと」明日香は私の正面に来て、鏡の前のように微笑んでみる、笑顔を作るのがすごく上手だ。誰かの触る携帯からは牛の鳴き声が鳴り続けている。顔の上半分に注目ー、と女の子たちは声を伸ばす。いくつか混ざり合った制服、それぞれの工夫を凝らした髪型が揺れている。分かんない、メイク?と問うと「ふーん、じゃあメイクのどこ?」「でも今眉描いてるだけじゃない?」「まあ普通メイクって思うよね」「先生はあんま化粧してないよね」難しいなーと呟きながら顔を少し離す。目もと?と聞くと「まあまあ正かーい」と声が爆発する、体は動きが大きくて時々驚いてしまう。「あのね、黒目の部分を大きく見せる手術があるんだけど、それしたの。親には内緒だよ」と明日香は言って、女の子たちはめっちゃいいよね、と言い合ってニコニコしていた。何だかこちらまで嬉しくなってきて、そういえば顔がもっとくっきりしたかも、と返事をした。生徒たちは私と時計を同じく見て、チャイムが鳴ったので席に戻る。散在するかたまりたちがほどけていって、集まる若さは噴水だ、小さくても見応えがある。歳を取ると川になってしまう。英文を板書しながら、黒目を大きくするとはどうすることだろう、とずっと考えながら授業を進めた。小さい頃、目のわきにできた水疱を潰してもらうだけで怖かったけどな。たとえば赤いレーザーで黒目の縁をなぞって、大きくしていく手つきを想像してみる。滑らかな円を描き、黒い部分が泥みたいに滲んでいくのだろうか、目は喜ぶだろうか。それともただまぶたの皮ふを糸で引っ張り上げるだけの作業?見渡すといつも明日香と視線が合ってしまう気がした、静かに浮き出ていて、時々眩しそうにしていた。どれも混ざり合わない、大きな水の流れ。

授業が終わり、チョークを箱の中に戻す。生徒たちは次の目的地を持ち早々に出て行ってしまう、教室に固定はない。腕を伸ばし黒板消しを、跡が平行になるよう滑らせていく、横のカーテンを開けると磨りガラスで、昔開けたことあるけど間近にビルの壁が広がるだけだった。教室の後ろからしゃがみながら進んで、忘れ物がないか確認をする。右の方の机の中に紙が見える、さっき配った課題プリントだったら嫌だなと思いながら何重にも折りたたまれたのを開くと、知らない学校のテストの解答用紙だった。十三点という数字の下に同じく赤で、「話を聞いていないのなら悲しいです」

と書かれていた、クラス番号氏名の箇所は注意深く消されていた。赤い注意の文字は縦に長く、震えているようにも見え、男の字か女のかは分からなかった。こんなに親身な気持ちでいるなら学校の教師は大変だろう、机を叩いたりして授業に集中させたりしてるのかな、一人ずつの信念が渦を巻いているんだろうな。落とし物コーナーに置いておく物でもないし、固く折りたたんで行く先を考えると、磨りガラスの向こうに落とすくらいしかなかった。窓は開けられ慣れておらず音が鳴り、紙のかたまりは暗がりに思い切り良く吸い込まれた。私なら学校トイレの汚物入れに捨てるけどな、汚物入れっていうのもすごい名前だな。歩きながらとなりの教室の小窓を見ると、教卓では宇敷《うしき》がまだ生徒の質問に答えていた、大学のゼミでよく前に立ち、発表していた姿と重なった。何年かを経てこの塾で再会した時は、彼は結婚してしまっていた。講師席に戻って来た宇敷が荷物を持って私の横に座る。最近いつもマスクじゃない？と聞くと、宇敷はゴムの部分を伸ばす。「ああ、これ。何か一回前の席の生徒に唾飛んじゃった気がしてさ。僕ならして欲しいと思うなと」「でもマスクして大声出してるとしんどくない？」と尋ねるとマスクの段をなぞって、驚くほどしんどい、と断言した。

宇敷と並んで出口を通ると、事務のおばさんも笑いかけてくれた。さっき私の向かいの席に座っていた女の子が、宇敷さん、再来週のって行きます？ちゃんと参加の紙出してくださいね、と言って去って行った。今度の飲み会行く？と宇敷が覗き込んでくる。私は紙ももらってないけれど、行けないいんだ、と答える。終わる時間が合う日は二人で駅まで帰る。ねえ、ちょっと寄ってかない？奢るから、と海鮮居酒屋の前で言われ、となりの美容室の、浮かんで伸びていく胡蝶蘭を眺めながら入店した。ビールが来て網焼き盛り合わせが来る。ホタテや有頭海老、小イカも丸のまま銀色の皿にのっていて、宇敷はテーブルの上に置いていた携帯をベタベタになっちゃった、と言いながら持ち上げて写真を撮った。つられて私もカメラを向けたが、つやつやとレモンを背負って一面ずつがあり、それぞれ目や口があることに行き当たってしまったので撮るのはやめた。いっぱい食べて、僕は帰ったら食事あるからつまむだけだけど、と宇敷は笑った。奢ってもらう身なのでおもちゃのようなトングで網に移動させる。

「今も神奈川とかも授業行ってるの」「行ってるよ、神奈川、千葉も」人気講師だねえ、と言ってぼんやり見ると、「大変だよね、頼られるというのは」と深く頷いた。塾の悪口や生徒の話はしにくいから、話題はいつも宇敷の不倫の話になってしまう、登場人物はよく変わり、おもしろ話くらいにしかならない。「やっぱ若いのがいいんだって気付いた、若かったら何でも許せるし」と宇敷は首をすくめ、病気かな、と続けてそのまま傾げた。そうだろうね、と返事をした。「十九歳で。高卒で葬儀用の花屋になったんだって、一年中同じような花ばっかり見てるって」へえ、と声を出す。ゼミにいる時はもっと爽やかな、バレー部の青年だったたんだけど。紫色のイカの皮がめくれる。「この前初めて家行って、実家でさ、透明マット敷いてるような学習机を、まだ写真でワーッと囲んでるような子だよ。きちんとコルクボード繋げてさ。じっと見ちゃった、何をそんな飾る写真があるんだろうって。中学生の頃が一番楽しかったんだって」と言いながら、岩のりチヂミも二人で分ける?とメニューを眺めている。ちょうどお姉さんが通ったので、腕を挙げそのまま頼んでいた。「その日は実家に誰もいないからとか言われちゃってさ。僕もそんな台詞って久しぶりじゃんか、のぼせちゃって、前言ってたプラネタリウム持ってくねなんて約束しちゃって。でも家探してもないのよ、クローゼットの右上にな、置いたと思うんだよな。妻が捨てたのかな。雑誌の付録だったからまた本屋行って、図書館で組み立てて持ってって、でも豆球一つだし部屋暗くしてもあんまりよく見えなくて、壁ぎわに置いたらやっと映って、ベッドでうつ伏せになって頭ひっ付け合って見て。でも僕、人と寝転んでるとすごい動いちゃうんだよね、腰の位置気になってきたりアキレス腱伸ばしたり、だから家のベッドもシングル二つ並べてるんだけど」「そんな年下の子と何話すの」宇敷は撫で付けた髪の毛を細い指で触りながら、時事ネタとか、と答える。「あと、女の子って仕事の話すごいするじゃん。葬儀場で搬入から全部やるけど、何で花もあんなに大量に燃やされなきゃいけないのか分かんない、とか、そういう話を一生懸命だなあって思いながら聞いてる」その子の顔を想像するけど、背景の部屋ばかり浮かんで上手くいかなかった。冷たい花を加工して見送って、帰って来てそのことはもうあまり思い出さないんだろう。私も飾ってたよ、小さい時はコルクボードに穴が開くのさえもったいなくて、シールで貼っていた。

外に出て、深い用水路には小魚が大勢、上を泳ぐものと下の方を泳ぐのがいる。

「宇敷は家のこととかしてるの」宇敷が心外そうに目を見開く。「してるよ。僕はね、粉ミルクの係なの。切れないようにちゃんとずっと注文して、二百ミリずつビニール袋に量ってね、哺乳瓶に入れやすい形で縛っとくの。夜に袋広げて花壇みたいに並べてって、スプーンですり切りしてると授業で言うフレーズとか励ましが結構思いつくんだよね」「何、その係」と、親しげに笑ってしまった。ちょっといい?と、早口で言い宇敷は手を繋いできた、一瞬では振りほどけなかった。握り合っている間だけその妻と、十九歳の花屋の姿がありありと浮かぶ気がした、どちらも目を閉じていた。もう少し見ていたくてこうしていたが耐えられず、宇敷、と私は手を下に振って離す。ん?と甘えたような顔でこちらを見返す宇敷が、親密そうに肩を抱いてきそうになる。私は両腕を守るように抱いて、やめとこう、とあっさりと聞こえるように言い、人の多い方向へ歩き出す。静かになれば水が混ざる音がする。宇敷が背後から追いかけて来て私の目を覗き込み「今のは何でもないってことで」と宣言し、行ってしまおうとする。ねえ、と大声を出して呼び止め、「そうやって、誰が相手でもいいっていうのは、花粉みたいなもの?」と問うと、宇敷は心底不思議そうな顔をしてから駅へと吸い込まれていった。汚い気がしてティッシュを取り出し手をこするが、鹿のツノだってワンシーズンの使い捨てだ。小分けにされた粉ミルクをお湯に溶かして適温にし、冷たい水から花を引き上げ色をまとめて敷き詰め、いつ会わなくなるか分からない女の子の黒目を教卓から覗き込むなどを、みんなしている。空では鳥が、争いか交尾かぶつかり合っている。

千里と太田、あとは男が二人と女が一人座っていて、黒い壁で長方形に囲われた居酒屋の個室は、六人肩を寄せ合うほどだった。千里のとなりはもう埋まっていた。手前の席に座るしかなくて、コートをハンガーに掛けると太田はそれを受け取り、自分の背中の壁掛けに重ねていく。プレゼント代込みの四千五百円も手渡す。千里の誕生日当日なのに、こんな狭い所で斜め向こうに見てなきゃいけない。でも今日は塾がない日だったから、スーツで来なくて済んだ。五日前に会った時にあげた、プレゼントの黒いコートは着て来ただろうかと太田の背後の束に目を凝らすけど、一面だけレンガ柄の壁に、ひとかたまりのクッションになっていて分からなかった。千里は蔦模様のシャツを着ている、目が合ったので微笑み合う、その横の知らない女にもなぜか笑みを返された。「じゃ、ハッピーバースデーイエー」と真ん中の太田が音頭を取って始まった。男二人は太田の学生時代の友だちで、「何してる方なんですか?」と聞くと、ま、暇してます、とか言ってくるので私は斜めにいる千里を眺めながら、シーザーサラダとフライ物を食べるだけになった。千里はいつも酒を飲まず、それは嫌いなお母さんの酒乱によるものらしいが、今日は女の横で二杯目のカシスウーロンを飲み始めている。「今日は飲むの?」と口を大きめに開いて聞くと、うん、とだけ返事をする、女はみんなに飛鳥ちゃんと呼ばれている。向かいの男の短い指に指輪が何本もはまっている、指は軽いから。奥の個室では大学の校歌を合唱している。唇が乾燥することを恐れ分厚く塗られたリップクリームが、私のグラスのふちにどんどん白い皺を増やす。コースの料理も焼きそばまで行きつき席替えは行われず、太田が肩に寄りかかってくる。太田からはむせ返る、アメリカからの留学生のような香水のにおいがする。押さえながら「太田さんちょっと、自力で座ってくださいよ」と力を込めると太田は首を振り「あー、今日あいりさん呼ぶの悩んだんですよねえ、でも、ギリね」

と赤い顔をしてささやく、支える手に力が入る。「どういうことですか」「あんまりね、本人も呼びたいわけじゃなさそうかなって」私は料理の皿に目を移す、どれにも飛沫が散っていた。「もう帰ろうかな」太田は笑顔で頷いた。「その顔で笑うのやめた方がいいですよ」と、携帯をカバンにしまいながら言うと太田はさっと微笑むのをやめて「アザもっと隠したら」と頬杖をつく。「見せてるんだろうと思うけど、気持ち悪いよ」と私の首もとを指差す、生理中なので股がごわごわした。視線を落とすと肌には濁った湖、内側にまだ水色を抱いた茶色いだ円が少し見えた。それは今こいつらに見えない部分まで、お腹から腰にかけてと太ももにも広がっている。骨、髪の毛まで細くつくられた女の横で、千里は濁ったドリンクを飲んでいる。

漫画喫茶の狭いリラックスブースに滑り込むと黒い布の床が鳴った。リュックを隅に投げて財布と携帯だけを手に持つ。ドリンクコーナーにすぐ行こうと思ったが立ち上がれず、頭から沈めるようにマット敷きの床に倒れ込んだ。誰かが着席するたびにビニールのこすれる音がする。犬を火葬しに行った日はあられが降っていたな。慰霊塔の周りはなぜか地面がゴムのような布で覆われていた。緑色の苔じみた表面、青々とした草はそれを突き破って生えており、ビニールテープが境目を繋いでいた。共同墓地にせんで良かった、すばらしい景観なんて謳ってってもこれや、と父は憤っていた。子どもくらいの背丈をした木がずっと整列して立っており、いちいちが頑丈に添え木されていた、中学生の私の手にも骨壺は小さかった。足が遅いからと入った陸上部を辞めようとしていた時で、そんな理由で入部したのは私だけだった。四角い部室でコンクリートの壁に向かい、半身ずつ脱いで着替える。走る時は人の背中ばかり見ていた、みんな追い抜いて行ってしまう。優しい先輩が「フォームとか盗んでね。教えてるつもりで後ろ姿見せてるから、私たちも」と言ってくれた、背中は本当に励ましだと思った、同級生の方がシビアだった。吐き気がしたので先にトイレに入った。食べ物にあたったかもしれないしストレスかもしれない、体のことは分からない。胸の奥が重く涙を流しながら黄色いものを吐く。さっきお腹の上部に貼ったカイロと喉だけが熱い、濃い味のジュースが飲みたい。もっと言ってやれば良かったと、ドリンクコーナーで勢い良く注がれるコーラを見ながら思う、これほどの濁流だったのに。

いつもそうだ、怒りを言葉で的確にぶつけられない、だってそういう時はそもそも尋常な心持ちではない、主張できない。いつも抱える単語の広さを思う。たとえば昔産婦人科で、股にしこりができた時、よく見もしないで塗り薬だけ出してきた医者にも、太田にも宇敷にも、私は本当ならもっと声を上げれば良かったのだ。言葉は意味を持ち過ぎていて、橋の架け方も分からない。文章は私にとって今、無限。無限?レジの前には珍しくテレビが置いてあり、教育番組が流れていた。汚水をきれいにするために反応タンクで管理される微生物たちが、間引かれながら働いていた。

救急車がゆっくりと、消防署に入庫するところだったので立ち止まって少し待つ、運転席から何度も脱帽される。トイレに行きたくて近くの税務署に入った、周りにはおじさんが多く、勤労という点だけで同じだ。入口の端の、電子納付の印刷機周辺の乱雑さを眺める、これや企業のイベントも入試も、全部ハンドメイドの手作り遊びだものな。少し歩いて大きなマンションを通り過ぎると、イブさんとウオの姿が見えた。バレエでもしていたのか、姿勢良く歩くイブさんに追いつき声をかけた。あいりい、と嬉しそうにイブさんは顔を上げ、ウオはぼんやりとしていた。「あいりいが懇親会で言ってたゲストハウスに最近連泊してたの。今からはあっちにある図書館にね。一緒に行く?」と言われて何となくついて行く。家同士の狭間の工事現場には寄り添う重機が二台、停止していて赤と緑の恐竜だった、積もる端材が山を模していた。自習室の前にある一階の椅子に並んで座る、壁には大きなハイビスカスの絵が赤く咲き乱れていた。イブさんが床に下ろしたロンシャンのトートバッグは、二人分の荷物にしては小さかった。会話を、と思い「懇親会の時来てたテレビの、ニュース見ました?イブさんのコメント流れてましたね」と尋ねると、見たくないの、とイブさんは答える。「カメラマンの人もすぐ切り上げたがってるなって思って。期待を裏切っちゃった、っていう感覚が一番ダメなのね、そのことばかりで何日も考えちゃう」ウオは小さなポチ袋を持っている、表の鏡餅の絵は立体感があった。おじさんがくれたの、と言いながらウオはそれをイブさんに渡した。イブさんが袋から取り出すと、皺のついた千円札が二枚入っていた。「これ、親切にしてくれるお客さんがくれたんだけどね、全然きれいに折れてないでしょ。丁寧にやっても端と端を揃えられないみたい。もう手が震えちゃってて、私もそうなった時用に、千円札何枚もきれいに折って保管しとこうかなって思っちゃった、ウオにあげる用に」右奥にある自販機のボタンを一つずつなぞっているウオを、ぼんやりと一緒に眺める。「上に行ってるね」とそのまま階段を駆け上がって行った。背中が見えなくなった後「夫がいたの」とイブさんが言った。ああ、と返事するしかなかった。「家の近くに海があって、海水浴場じゃなくて向こうの、水平線のすぐ上に高速の橋が架かっているような海なんだけど、あちらの岸のゴルフ場も見えたりして。そこに手を繋いで行って、秋の週末はピクニックばかりしてた。海を見ながら幅の広い古そうな石段で、買ったお弁当を食べて、その時はおこわ弁当みたいなの。夫は唐揚丼で、食べるのが早かったから浜辺できれいな貝殻を拾ってくるねって言って行っちゃって、私は私のも取って来てねって答えた。追いかけようかなと思ったけど、まだおひたしとか緑のが残っていたし座ってないとレジャーシートが飛ぶものね。布が広がるように、重なる波が寄せていた。両手を後ろにして歩いていて、近視だったからすごく屈みながら右の方にどんどん小さくなっていった。そのままいなくなった」イブさんは息継ぎもせず、もらった台詞みたいだった。平坦な、何回か暗誦してきたような口調でそこまで言い切り、部屋の更新の月だったから、一人では高すぎて引っ越したの、産婦人科の裏のアパートだったから、時々新生児を抱いた夫婦とすれ違った。病院は防音で、泣き声は全然聞こえなかった、と付け加えた。こういう、誰かが怪我したり泣いたりした時私は、駆け寄って上手く対処できない。子どもの時だって心配そうにしながら円の後ろの方で、先生の到着を待つだけだった。塾に来ている子たちは怪我しないし私を呼んだりしないから、忘れていた。「大変でしたね」とイブさんの首もとまで目線を下げながら言った、適切かどうかは分からなかった。「付き合い始めに一回だけ遠くに旅行に行った。ニセコで二泊、ずっとスノーボードばかりして、夫はとても上手なの。私は力の抜き方がまるで分からなくて、そばについてもらうのが申し訳なかった、だって次の膨らみの後に何があるかも見えないもの。ホテルの一階は大きな室内遊園地で、夜はそれぞれ家みたいな壁に街灯が灯って街なの。メリーゴーランドは二段で修学旅行生たちでいっぱいで、夫は恥ずかしがって一緒に乗ってくれなかった。腫れぼったいまぶたをした教師が偉そうな顔していた。吹き抜けで二階はぐるりと通路が囲んでて、ベンチ一つ一つにカップルが座ってた。いいわね。暗い、動物の剝製が飾ってあるような売店で座ってココアを飲んだ」顔がこちらに向いたので、うん、と頷いた。「うちの姉も、修学旅行でニセコに行ってました」と言うと、お姉さんがいるのね、とイブさんが答える。「私にも姉がいるの。賢くてね、そんなにかわいくはないんだけど。でも頭の良さが大切なんて、人生でこんなに尾を引くなんて思わなかった。私は頑張って秘書検定を取った」前を向いたままのイブさんを見る。イブさん、話し方丁寧ですもんね、と答えるしかなかった。イブさんは、ありがとうと言って続ける。「海に行く前日、冷蔵庫の横で抱きしめて、愛してるって言ってくれたのを覚えてる、冷蔵庫は売ったらいくらだったっけ、八が付いた、二千八百円かしら。その後夫のパソコンの履歴を開いたら出会い系のページが連なっている部分があったけど、そんなこと母には言えなかった」今でも探してるんですか、と聞くとイブさんは、何かを探してないなんてこと、ある？と答えた。少しの沈黙の後、ウオが「上の棚に取れないのがある」と、音を立てて降りて来た。取ってあげる、とイブさんが立ち上がって階段に行くのでついて行く形になった。「今日はどこに泊まるんですか？」

「決めてないのよね、あいりいと同じ所にしようかな、こうして会ったんだし」「今夜は実家に帰るんですよ、もうすぐリフォームするんで荷物整理しなきゃいけなくて。通りのゴミ当番があるから泊まるんです」そう、と答えたイブさんの顔は先を歩いているので見えなかった。一応誘っておいた方がいいのかと思い「母は姉の家に泊まるからいないんで私だけなんですけど、もし良かったら二人も来ますか?あ、でも布団は人数分あるかな、ないかも」と小さな声を発すると振り返り、ぜひ、と微笑まれ今夜は三人になった。

実家の最寄駅に着くと茶色い砦のような県庁があり、古い高層ビルはつやつやとしていなくて怖い。メガソーラーパネル建設反対ののぼりが立ち並んでいるが、広い湖みたいな板はもう高く、山に貼り付いている。ぎこちなく覆われて、もう山だったって思わないな。斜めに川にわたる石の上に、流れが濁っているので遠くから見れば金色の波。線路沿い、車両倉庫の横で寒いのに半袖で、真っ青な作業着の男の子たちがみんなで円を作っている、横には茶色く錆びたカゴが並んでいる。昼休みも終盤なのか、バレーボールの打ち合いは白熱している。全員バネのようになって髪も光を通して、あれは良過ぎるな。ウオは傍の燃えないゴミの箱から錆びたステンレスのボウルを取り出し、使える、と笑いながら大事そうに抱えた、イブさんも笑って頷いた。途中には小さいリサイクルショップがあって、黄色いシャッターと新店舗募集の文字が目立っていた。ああ、そう、と懐かしむ高い声が出てしまった、ここで買い物をしたこともないのに。窓からは、一家みたいに詰め込まれて並ぶ商品たちが見えたのに。となりの家の痩せたパピヨン犬が西日で照らされている、ウオが立ち止まり、手も出さずに正面から眺めていた。この家は白亜の宮殿って感じね窓枠は茶色で、とイブさんが言う。この角で自転車とぶつかって転んだことある、倒れ込むといつもより道は広く見えた。ゴミにかぶせるカラス除けの網がどちらの家にとも言えない空間に掛けてあり、黄色いプラスチックの照りが実際より軽く見せている。端から巻き取るように取り込む。「これを朝出しに行くために泊まるのね」とイブさんが言って、私が持つ網に手を添えた。はい、大丈夫です軽いので、と言いながらガレージの隅に置く。網は劣化していて、細く裂かれた箇所やくちばしが入れるくらいの穴もあった、意味ないな。穴を撫でながら「これはみんなの仕事だから自分の仕事、って思ってやる人がいないとまわらないのよね」とイブさんは言って、だから今こういう暮らしにしたっていうのはあるわと付け加えた。実家の門の赤い鉄柵は何本か折れていて、ゴミ当番の看板が掛けてある。見覚えがあると思えば、私の部屋に昔飾っていた木のハートのやつだ。あいり、と木のパーツが貼ってあったところは全体もう青に塗られていて、でもうっすらと接着剤がその跡になっている。おそらく母の字で、それにかぶさるように、とうばん、とひらがなで書かれていた、濡れてもいいようビニールテープでグルグル巻きになっていた。リフォームで不在の間のゴミ当番は、できないけどどうするのだろう。母はきっと気にして、近所にお菓子でも配り歩くだろう。二人に間取りを説明しながら二階に上がる。「母が姉の家に持って行く物は置いてあるんですけど、売るのとかはもう売っちゃったらしくて。布団は客用のも一組ありますね」ありがとう、と言ってイブさんは部屋の上部を見回した。「リフォームってどのくらいしちゃうのかしら」「結構するみたいです。玄関は一つのままなのかな、でも二世帯で住むから」顔の小さなイブさんが迫ってくるようだったので、雨戸を開けた。軽い足取りで一階に下りていき、イブさんは荷物の整理を始める。階段の踊り場の広く幅が開いた低い柵は、生まれてくる子のためになくしたりするのだろうか。これの間にまだ細い両脚を入れて、揺らすのはいい気持ちだったんだけど、と思いながら和室に入る。段ボールが真ん中に寄せてあったので、その山の前に座り込む。乾いた畳のにおい、無音は久しぶりな気がした。窓枠の上には姉の、中学生の時にもらった書道の表彰状が飾ってあるけど、あれは新しい家にも付け替えるのだろうか、まだそれぞれの命名紙も貼られている。小中学校の卒業アルバムは捨てることにする、高校のはもうどこかにいっていた。一人に一冊ある分厚いアルバムを最初のページからめくっていった、全て、分からないまま思春期は過ぎ去ったな、察しも悪かった。祖母は若く、薄い革張りのソファはまだふっくらつやつやとしている。軽い足音が聞こえてウオが横に立ち、「これは水族館?」と聞いた。「そう。行ったことある?」斜めに見上げて考えている様子だった、口の形が山型になり、子どもがかわいいというのはまあ分かると思った。「一回。イカは鳥みたいで、魚を見ておいしそうって言うお父さんがいた」「誰と行ったの?」仏壇が置いてあった場所はそこだけくっきりと日焼けしていない畳で、分からない、と答えながらウオはその明るい色の四角部分に座る。母が仏壇をやめ、リビングに骨と写真を並べた白いカラーボックスを置くと言った時は反対したたな。テープ状のシールで賑やかにして、祖父や父の遺影は笑っているしそれでいいか。仏様の一口分のご飯を盛る金の高台だけは捨てなかった。そっか、と言いながら目は追っていくとアルバムの中で、飼っていた犬はどんどんしぼんでいく、白かった胸毛が錆びたような色になっていき、ある日いなくなる。見ればウオは畳に仰向けに寝転がっていて、着ている釣り人みたいなベストの金具を指で鳴らしている。首が痛くなってきたので私も横たわる、畳は太陽でススキのように輝き、ウオのまだ平面的な顔もそうなっていた。アルバムの整理は後でやろうかな、と言って立ち上がると、ウオは残念そうな顔もせずうん、と言った、飛行機の音が聞こえた。「家をひとまわりしていい？」と言われ一人で行かせるのも心配かと思う。「じゃあお供するよ」ウオは頷く。廊下の端は踏むと音がする、簡単にまわるともう説明することはなくなってしまい、庭に出た。ウオは転がっている石を探してきては家の壁に沿って並べ始めた、少し見ている。冬の晴れた日は明るく、深呼吸する。石はこうやって暮らしているというように壁に寄りかかっている。いつも一日何してるの?と聞いてみると、作業、と返事があった。選んで運んで来る石は一定の大きさをしており、しかし何も防がない。正しく建っていないらしい塀に沿い、雑草が高く生えている。これは育ててる?と聞かれ、記憶をたどると母が丸まってそこを刈っていた姿を思い出したので、いいよ、あげるよ、と答える。ウォはしゃがみこみそれを抜き始めた。私はテレビ台から大きめのハサミを取ってきて、背後から手渡す。「根っこは土を進んで柔らかくしてくれるから、雑草は切る方がいいんだって。たぶん」と言うと真剣な顔で頷いて、続けて刈り出す。大きな石に座って背中を見ている、なるほど、作業だ。「全部刈り取って庭に敷いて、リビングにしよっか」と言うとウォは分からない顔をし、リビングって?と頭を傾げた。草たちはウォの傍に音を立て重なっていく、定点で眺めていると空は震えている。遠いウォの背中を写真に撮り、実家来てるよ、という文とともに千里にLINEで送った。「紐ある?」とウォが言うので家を探し回り赤いビニール紐を見つけた、手伝おうか、と聞くと嬉しそうにした。拾って来たボウルに二人で草を入れていく。ある程度貯まると、紐に茎を一本ずつ結び付けて連ね、緑と赤の腰みのになっていく。「ずっと長く結んでいくの？」「僕を一周する長さ」身に着けるのかな。ウオの照らされる頬や鼻の先、日に当たった草は手にあたたかくまだらに茶色い。種子の時だけ旅する。プラスチックの鉢植えがランダムに置かれていて、花が和やかに集まる。花壇の水仙は十本ほどが束になって根もとから倒れていた、白い花が葉を敷いている。ウオはそれを触って、「このニラみたいなの五個切っていい？」とこちらを見る。どうぞ、としっとりした平たい緑を手で示す。大きな葉を選んで慎重に切り取る。何本も作った草のベルトを脇の下辺りからどんどん巻いていく。水仙の葉はアクセントになる位置に結び付けた。「すき間がないように」赤い紐から垂れ下がる、さっきまで地面だった色がウオの胴体を取り囲む。草原みたいになったウオは音を鳴らしながら、長い時間体ごと揺すっている。ウオはこういう暮らしをどう思ってるの、と問うとウオは見上げて「思って、変わる？」と言った。私たちの間には距離があるので、大きな声だった。そうだね、ともっともらしい顔するとウオは「大人に踏みつけにされたことある？」と声を伸ばした。大人に踏みつけにされたことくり返してから、あるよ、と答えた。「小さい頃パンクしたから自転車屋に行って、おじさんが一人で屈んでる暗い店だった」ウォは納得したように頷いて、まだ抜いたこともない眉毛は中央に集まるように動いた。

さっき干した布団を取り込み、見たことのない虫がついていて慌てて振り落とす。横の畑にはほうれん草が群れていて、二列にだけ毛布が重ねてかぶせてある、黄、水色、花柄、赤。洗面所の棚を開くと掃除用具がぎっしり詰まってあって、最後の日に捨てたりするのだろう。湯船を洗い始める、狭い風呂は白いふちが歪んで見えた。強く力を込めてスポンジを滑らせるとここで風呂に入っていた日々がよみがえり、その時私は姉と焼酎のペットボトルのカラであぶくを作ったり、鏡にボディーソープを撫で付け掃除したり、シャワーを浴びると嫌なことは忘れちゃうなっ、と言いながら泣いたりしていた。風呂の備品はボディータオルも二つの洗面器もソープ類も、どれもピンクで統一されている。半透明の戸越しにイブさんの姿が見えて手を止めると「台所使っていいかな?鍋でもしましょう、ウオと買い物してくるわ」と、もやもやと動く影がドアを開けた。「お風呂、洗っとくので二人で先に入ってくださいね」「あ、いいのいいの。ウオが汚すかもしれないから私たちは後で」自分の後の残り湯に誰かが入ることなど久しぶりなので気になる、髪の毛をすくう網ももうない。「窓が高い所にあるのね」「はい、二階だし、昼前に入ると窓から日が照ってきれいなんですよ」あら、と返事をして「もう夕方だし無理ね。お昼のも入りたかったたな」とイブさんは笑う、階下からはウオが跳ねている音が響いた。少し経つと帰って来たイブさんが、流しで小さな鯛の鱗を引き始める。「これでダシが出るでしょう」尾を持って裏返す。鱗は汚れた雪になって固まり飛び散っていき、守っていた中の柔らかさとは関係なくなってしまった。表面は意外と、黄色に光る部分が多かった。鱗の模様で何歳か分かる魚もいるのよ、とイブさんが言いながら、深いフライパンを棚から取り出す。柔らかい土をほぐす手つきで、ウオが鱗をレジ袋に入れていく。「材料いくらでしたか?」「じゃあ千五百円もらう」イブさんが野菜を切り私が鍋につゆを注ぎ、ウオが鯛の切り身をバラして入れた。消費税が上がりますねと言うと、「十パーセントの方が、ウオでも数えやすいと思えば」とイブさんが答えた。ウオは大きくかき回してはお玉を離して、渦を作っていた。

消防車のあの複合的なサイレンが聞こえ、近くで停止した。「消防車が来たよ」とウォが言って、のっていた椅子から飛び降りる。見に行こう、と引っ張られ連れて行かれる。「危ないから手を繋いでてもらうのよ」とイブさんが言った。「家から近くないといいけど」と口に出しながら茶色いドアを押すと、二車線の道路分離れた、畑の小屋が燃えていた、道路に沿って三角の敷地の、水色がかったグレーだったやつだ。行こう、と言ってウォが走り出す。車に気を付けて、と大声を上げながら追いかけるしかなく、近くは燃える火であたたかかった。火は一瞬ごとに違う自分になっていくことを主張している、傍にはカワサキの黄緑色のバイクが停まっている。炎が左右を分け、森に降る雨みたいな音がしていて、ウォはできるだけ前の方に行ってしまった。煙が壁を這っている、吸い込まないように言わないと、と思って探すと小さな顔がオレンジ色に浮き出て見えた。「何か飛んでくるかも。危ないから」と叫んで引き戻す。畑の人が真ん前で立っている、青い薄網で保護される、色の濃い新芽たち。キャベツがその小さな本体を、差し出すように咲いている。見ているのも嫌だ、火は私にだっていつ迫ってくるか分からないと思い出してしまう。「燃やしたの僕じゃないよ」と言う声が聞こえる。恐らくウォの声だったので、知ってるよ、と答えてから家の方向へ向き直る。待って、とウオが言う。「スーパー行く時見つけた、ハワイみたいな家があるよ。おすすめだよ」見てから帰ろう、と手を引っ張られて進む。振り返り、遠く離れれば火はスローモーションだ。じゃあ、コンビニ寄って入浴剤も買おうか、と提案するとウオはリズムある、鳥の子が初めて飛ぶ時のようなステップを踏んで歩き、「アリエールだからラムネのにおい」と言いながら襟もとの分厚い部分に鼻を埋めた。コンビニに入り、入浴剤の棚の前に二人でしゃがむ。三種類あるので一つずつ取り出してウオに説明する。どれが好き?何でもいい。じゃあバブにしとこっか、泡がフワァーって出るよ。炭酸泉?そう、銭湯にもあるところあるね。テープを貼ってもらってウオが持つ。郵便局の前の大きな庭のある家の前で止まった、ここなら熱さも迫ってこない。「これハワイなのよ」「本当だ、ちょっとハワイって感じ。知らなかった。何でだろう、屋根は茶色い瓦で生えてるのは松なのに」白いベランダと黄緑色の庇《ひさし》がそうしているのかな、そのくらいのものなのかな。しゃがむと門の内部も見えて、若い松は全身を細い枝に覆われている、横には松でもないのに、それを模してカットされた木が生えている。「船みたいな岩もあるのよ」ウオの体がこちらを向いていたので、両肩から腕にかけてを大きな手で挟んで撫で下げた。「ハワイなのよ」とウオが満足そうに見上げた。

帰って来るとキムチ鍋ができ上がっていた、豆腐ハンバーグのようなものが表面に浮いている。「ちょっと鶏肉が硬くなっちゃったかも」とイブさんが持ち上げ、鍋敷きは今どこにあるか分からなかったので、父が使っていたレノマのハンカチを敷いた。ウオは時々手を使って、白菜を繊維状にしていた。テレビでは蜂のクイズをしている、みんな死んでも女王蜂だけは生き残って、一人で冬をしのぎ巣を大きくして死んでしまう。ウオが真剣に画面を眺めているのでかわいそうだね、と声をかける。「している側はそういうものなんじゃない」とイブさんは言い、「冷凍ギョーザいっぱい入れて」というウオの声に応えて三杯目をよそった。千里が選ぶ映画はあまり面白くないけどこの前観たラスト、海の見える石の宮殿は良かったな。「リビングにしかエアコンがないんで、三人でここに寝ましょうか。私はソファでいいので」僕は端がいいと言ってから、アルバムを見に行こう、とウオは立ち上がり、じゃあ片付けはしておくわとイブさんが鍋を下から持ち上げた。一人でしんみりとやりたかったけど、一緒に二階へ向かう。先行くウオは両手も使って階段を上がった、私も真似した。この薄い、ヨックモックの空箱に入るだけの写真は持って行こうと決めて分類に入る。ウオはさっき冷蔵庫から剝がした磁石を、どこにならくっ付くのか探している。いかにも金属らしいタンスの金具にはつかなかった。やっぱり卒業アルバムの、部室棟にカメラマンが立って撮影していた全体写真も、自分の周囲だけ切り取って入れる。クラスのと個人写真は切ってはみたが、別にいらなかったのでアルバムに挟んで戻した。「小学校で楽しかったのは何だった?」とウオに聞かれ、少し考え郵便屋さんごっこと答える。「学校全体でね、図書委員がかな?切手とかハガキとか作って売ってくれた期間があって。お金は給食の牛乳瓶の丸いキャップで、保健室の横のポストに出すとどの教室でも先生にでも届けてくれるの。図書委員になっとけば良かったな、届けたかった。でも手紙を出したい人なんてたくさんいたわけじゃなかった。校長先生にも出した、返事がちゃんと来た」手紙はもらったことないとウオは私を見上げた、首にかかる影がシャープだ。記憶は思ったよりも浅い部分を流れていて、引っ張り出せば続々出てくる。「あと五年生で転地学習に行って、ずっと雨で勾玉《まがたま》ばかり作ってたんだよ、少年自然の家みたいなところに行ったのに。人体の不思議の本を、暇があれば読んでた。体育館の中で大学生のリーダーたちとキャンプファイヤーをしたと思うんだけど、それって変だよね。同じ班の子が夜一人でトイレに行けないからって、順番で女の先生が大部屋の入口で寝てた。あれは嬉しかったな」ウオは分からない単語がいくつかありそうな顔をしたが、聞き返すことはしない。電球は窓に映り四つになっている。ウオの白目は私のよりグレーがかっていて、耳のつけ根に丸く小さな窪みがあった、何も潜れないほど浅い。

風呂上がりのウオは下半身裸で、イブさんに連れられて来る。「ごめんなさいね。オムツをバッグから出しておくの忘れてて」ウオはちぎったトイレットペーパーを当てながら、イブさんの正面に立つ、ぷりぷりした脚を少し広げる。カーペットの布の肌触りが楽しいのか、ずっと足の裏を擦り付けている。「寝る時はいつもオムツなの。外でおねしょされると困るから」起きてる時はできるのに、とウオが説明する。見るのも失礼なので目を伏せ、ソファの表面を何となくならす。このソファの白い革も昔は空気を含んで張っていた、こんな表面、砂みたいになっていなかった。ウオは大きな動物にするように、ソファを優しく撫でる。伸びた背筋、頬の皮ふは乾燥して粉を吹いている。ポーチからハンドクリームを取り出して「塗ってあげようか？」と言うと顔の中央から放射状に皺を寄せて笑い、どうもどうも、と答えて頬を差し出した。「どうもどうも、がマイブームなのよね、ウオ」とイブさんが背中をさすって「私ももっと積極的な生き方をしなきゃいけないんだけど」と続けて言った。ウオはまだアルミの袋に入ったバブを持っている。「それ、入れなかったの？」「入浴剤ね、入れなかったのよ。ウオが気に入っちゃって今度に置いておくって。このままお風呂に浸けてずっと遊んでたわ」残り湯だったからにおいを消して欲しかったな。着ているワンピース型の、毛玉がついたチェック柄の寝巻きを示し、イブさんは「これマタニティなの。前開きで全部開くから授乳にもいいみたい」と言うので眺めながら、分からないもんですね、と答えた。「朝、冷蔵庫の牛乳使ってもいいかしら？お母さん怒らないかな。ロールパンを買って来たから、カッテージチーズを作ってあげる、塗って食べようね。牛乳を煮てね、酢を混ぜて濾《こ》すとチーズになるの。白くてモロモロの」と、膝にのせたウオの顎を撫でながらささやいていた。

ウオはボールを投げる時の姿勢をして眠っている。耳の穴にはワイヤレスイヤホンが差し込まれていた、手芸屋で売っているようなポンポンが貼ってある。ラメの混じるオレンジ色は炎が揺れるようで目立った。「何か聴きながら寝てるんですか？」「これ、いつもショパン聴きながら寝かせてるの、ほらうるさい時もあるじゃない。胎教にもいいんだものね。起きたらいつも外れてるから、誤飲しないようにポンポンは貼ったの。コードがあると首に絡まるし耳にかけるのは気になるって言うし」重なるオーケストラに、そぐわない気の時もあるだろう、ずっと音に包まれているのはどんな気持ちだろう、離れているから私には聴こえてこない。ウオはオレンジ色が似合うわよね、と笑いながらイブさんが紅茶を二杯淹れてこっちに来る。「ごめんなさいね、ティーバッグが見えたから」いいえ、ありがとうございますと受け取ってすする。ウオを見ているとイブさんが、天使の寝顔？と聞く。頷くと、「そう思う、でも子どもに天使って思うの躊躇しちゃう。ネットでね、流産とか死産しちゃった子を天使になったとか、そのお母さんのことを天使ママとか呼んだりするのね。それと重なっちゃう、生きてる子に使っていいのかなって」と微笑むので、いいんじゃないですか？と私は腕を伸ばしてウォの、布団の下にあるひとかたまりを撫でた。イブさんはソファの足もとにもたれて座って口を開く。「思い出が押し寄せてきて、もう立てないんじゃないかって時、ない?」あなたほどは、まだないだろうな。あります、と私は答える。棚ももう処分してしまったらしく、電化製品のコードばかりが目につく、テーブルには置き場のなくなった日用品が並べてある。ハムスターも犬も飼えてた、門限は早かった。イブさんを見れば首には二周ほど深い皺が寄っていた。恋人に、殴られる時があるんです、と大きく声に出してみるとそんなのは嘘みたいで、殴られない時の方が多いみたいで、遠い人の話のようで胸から冷たくなった。私だって、ハムスターをトイレットペーパーの筒に入れて、両手で円をふさいで回転させたりしていた。下を向いているのでイブさんの顔は分からない。ソファの表面がたわんで、すぐ近くに座り、私の左手を下から包み込んだ。イブさんの手は見かけよりも厚く、でもいろいろ取り落としてきたのだ。窓からは半分になった月が見えた、でも、大丈夫なんです、と続ける。「後ろから抱きしめられて寝て、私が体ごと揺らすと千里も揺れてくれて、あたたかいの」イブさんはしばらく丸く私の肩を撫で続け、その部分だけが柔らかくなった。「私も思い出したの、言っていい？夜一時にお腹が空いちゃった、って起きたら夫はちゃんと、中華鍋でチャーハンを作ってくれた、それぞれ米粒が光ってた。サラダ油がなかったから、その前にコロッケを揚げた後の油を使ったらコクが出て香ばしかった。本当に、材料さえあればいつでも作ってくれた」とイブさんが静かな声を出した。私の言ったことと、そう遠くない気がした。

ソファの上なのでよく眠れず、携帯をかざすとまだ二時だ、トイレに行く。台所の方から差す向かいの家の光を頼りに、床で寝ている二人を避けようと下を見る。ウオは敷布団から転がり、離れ小島になっていた、暗いと大魚のようだ。イブさんは深く眠っている、細い明かりが、背骨に沿って当たっていた。寒いだろう、ウオを抱き上げようとするがかなり重く、押し込むようにして運ぶ、骨の小ささを感じる。唸るウオの体からは、おしっこのぼんやりしたにおいがした。もう一枚毛布があればいいかもしれないと思い、トイレの後静かに二階に上がった。洋室は元は私の部屋で、電気を点けたらその時の情景が浮き出るような気になった。銀色のラックを二つ並べて、服屋さんみたいにきれいにたたんで嬉しがっていた、学習机はもちろんあった。右側の棚にガラスの扉があって、そこに花柄のカーテンがくっ付いているやつだった。クローゼットを開いて山を崩すと、母が昔よく着ていた紫色のダウンの下に大きなトートバッグがあった、キットソンじゃん、と昔流行ったブランドの名前を呼びながら引っ張り出す。チャックを開くとそうだ、これは私の宝物入れだ。小さい時から集めていた、大切過ぎて使えなかった物たちだ。取り出してみる、先生に卒業式にもらったレノマのハンカチ、雛人形の描いてあるオルゴール、の中の、蘭を金でコーティングしたブローチ、キッチンペーパーにくるまった香水瓶、WAKOの革の小銭入れ、に入った長野オリンピックなどの記念五百円玉四枚と旧五百円玉、ニナリッチの香水、祖父が列車の中でくれた扇子、日本郵政公社設立記念の、金地に花鳥の描かれた切手などが整然と詰め込んであり、底には頼りない布が敷いてあった。それは初めて買ってもらったブラジャーで、何でこんなん入ってるの、と吹き出しながら広げる。道路の方から高い、泣いているような金切り声が聞こえる。上体がゆらゆらと上下しながら走っているのが、分かるような声だった。女の人のようで、息継ぎと共に叫ぶ声はすぐに遠ざかってしまった。布に目を戻す、緩衝材のつもりかぜひ残しておきたかったのか。白いスポーツブラの中央には苺の刺繍があり、まだ胸の形を覚えているかのように両端が伸びていた。これはずいぶん長く着けていた、膨らみつつある胸はしこりのような点でしかなかった。苺が見えるようにたたんで下に敷き、五百円玉と切手だけは抜いておいて、元の順に戻していく。小さい頃のは、人にもらった物ばかりだ。クローゼット内部は段ボールがすき間なく組み込まれていて、あった場所にトートバッグを置き、これがどうなっても私は知らない。記念コインは明日ウオに一枚あげよう、と思いながら積み重ねて和室のアルバムの横に置いた、お金を触ったから手を洗わなくてはいけない。毛布は押入れにもなかった。寝る前にもう一度ガスの元栓など確認をしていく。小学生の頃家族で出かける時には神経質に、冷蔵庫の閉まりやコタツの電源、窓の鍵を巡回して点検していた、責任感を持ってやっていた。気持ち悪いからやめてと姉に言われてからは極力気にしないように、なくなってもいいと思うように努めた。思い出しながら一応大きな窓と玄関も見てまわる、鍵閉めはまだまだ続く。

朝日を感じてソファから見下ろすと、布団ではイブさん一人が座って携帯をいじっていた。リビングにいる姿は、外にいるより自然に見えた。起き上がりに気付くとこちらを向いて、ウオがいなくなったの、と言った。「ゴミのネットはもう出しておいたから」と続けるため、先にそれに返事せざるを得なかった。「ありがとうございます、ウオ、いつからいないんですか」「分からない。さっき起きたらとなりにいなくて、どの部屋もざっと見たけど見つからなくて、玄関は鍵が開いていて、ちゃんと夜閉めたのに。外に出たらゴミ袋がもうあったから、ネットを出さなきゃ、と思って」もう一度中を探しましょう、と言って二人で上から見ていく、かくれんぼも何回もしてきた家だ。両手も使って階段を上がる。昨日アルバムから抜いた写真が床に散らばっている。窓から見れば、庭の石は昨日と変わらず壁沿いに整列している。「イブさん」と呼びながらリビングへ戻ると、部屋の中央に立ち尽くしている。「いないです。外探しましょう」そうね、と呟き両手は握りこぶしになる。「あいりい、今日ここにもう少しいさせてもらえないかな。ウオがどこに戻ればいいか分からなくなってしまう」と真剣な顔して言う。自分の住む家でないため首をどうにも振れない。「こういう家出って初めてですか」と聞くとイブさんはよくあることなの、と強い声を出して姿勢を正した。「うん、よくあるの。最初はネットカフェでいなくなって、四日そこで待った。鈴の付いた紐、本当はいつもお互いの腕に装着して寝てるの、防犯になるし。昨日は大人が二人いるからいいかと思ってしまった」起きなかった私のせいでもある気がさっきよりしてしまって、あの、とりあえず母に電話してみます、と答えて携帯を構えた。ウォ君、って母にも説明したらいいですか?と聞くとイブさんはううん、と首を振り「本当は勝史《かつし》なの」と言った。母に電話で事情を伝えると、昼過ぎには帰るからと言う。あと、あんたネット出しといてくれた?収集車の音が聞こえたら、できるだけ早く回収しとってね。待つ間に近所を見てまわる、途中、雨が勢い良く降ってきて傘を取りに戻る。すれ違うベビーカーの車輪がミチミチと鳴る。「ウオはどこかで雨宿りできているかしら。入浴剤も握って寝てたけど、持って行ったのね」昼になっても収穫はなかった。家に帰りネットをつまんで二人で両端からたたみ、次の当番の家の門に掛けておく。向かい合ってロールパンを食べ牛乳を飲むが、電気を点ける気にはならなかった、イブさんの暗い髪の毛に浮く耳。二階を片付けると写真は何枚かなくなっている気もした、五百円玉は全部なかった。

「あそこ焼けてんなあ」と母が大声を出しながら入って来て、イブさんと私は玄関に急いだ。知らない植物の鉢を、ビニール袋に入れて下げていた。イブさんを紹介し、イブさんは丁寧に頭を下げた。「大変なことになって、ねえ。まあ座っといてください。昨日の夕方やて、燃えたん。稲本さんが言うてたわ」「そうそう、燃えてる時見に行っちゃって。畑の人もいた」「田中さんな、かわいそうやったな。そんでその勝史君はさ、どこ行ったかとかは見当つくんですか」イブさんはさっきより母らしく見える気がした。私はもう準備しなければ、今日の授業準備に間に合わなくなる時間が迫っていて周りを見る。「いいえ。親族の所とかは絶対ないと思います。前の時は何日かでひょっこり帰って来たんですけど、携帯も持たせてないので」「それは、大丈夫なんかねえ。警察にも言うとかんとね」イブさんが「警察に行ってきます」と立ち上がった。「じゃあちょっと待っとって、私もついて行くわ」と母が言うがイブさんは頑なにいいえ、いえと答える。「せやけど、一緒に行きますよ。道も分からんでしょ」「いいんです、私だけで行けますから」私が「ごめんね、もう出るから途中までイブさんと行くわ。あの角の自販機の交番が一番近いよね」と立ち上がると、ありがとう、とイブさんは洗面所へ行った。リビングに二人になると静寂が気になった。「段ボールの服はもういらないのしか入ってないから。ここ夜中さ、外から女の人が泣きながら走ってるような声しない?」と聞くと母は植木鉢をビニールから出しながら「ああ、半年くらい前から時々あんねん。でもあれ笑ってるんちゃう?」と答えた。どっちでも嫌だねと荷造りを始めれば「あんた、ちゃんと食べてあったかくするんよ」と背中を叩かれ、こう、包み込まれるように見られるのは久しぶりだった。窓から見える庭の膨らみは、犬がよく座っていた場所だ、父が本を参考にしながら写経した、薄紙の上にセットされた骨が埋まっている。

道幅は狭く、二人で縦に一列になって歩きながら「ウオが戻って来るまで、いさせてほしい」と、イブさんは私に向けているのか分からない声量で呟く。「ちょっと、母がどう言うかなって感じです。実家にイブさんがいてもいいかは」「そうね」「たぶんアドレスホッパー的な生き方も反対してるので」イブさんの歩幅は大きく、それは急いでいるのとはまた違っていた。「誠心誠意頼んでみる。ごめんなさいね、あいりいには迷惑掛けて」いいえ、ウオ絶対見つかります、と背中を眺めながら答えた。「もう少しお母さんを、言葉で安心させてあげてもいいのかもね、あいりい。家族はみんなで編み上げるものなんだし」そうですね、と返事する。「あの子とだと、幼くなったあの人を連れて歩いてる気がしたの」信号で別れる、低く四角く整えられた街路樹の、厚みのある葉がオレンジ色に反射していた。小学校の通学路だったから信号待ちの時に引きちぎり、よく指でこすり合わせて暇を潰していた。表面に出ている葉だけこんな太陽じみた色になるのか。一度振り返ったが、イブさんはさっきの場所から動かずに、まだこちらを向き手を振っていた。塾に着いてから、行き道で買ったバナナを講師席で剝いて食べた。空腹だったので、のせるたびに舌の表面が緊張していくほど甘かった、食べ終わり、真ん中に置いてあるウエットティッシュで机を強く拭いた。

母からはこの四日間、何も起こらない進捗状況と、イブさんの様子が知らされる。「まあリフォームにかかったら、私らもここおられへんから張り紙でもしておくしかないんちゃう、どう書いたらいいもんか分からんけど。井伏さんの携帯番号と、連絡してって書くしかないよな。勝史君携帯も持ってないけどなあ」「そうだね。ありがとうね、母さんがイブさんにそんな協力してくれるって思わなかった。何泊もさせてあげてるんだね」「ええ人やし、まあそれは私が了承したんやから、あいりがお礼言わんでも。お金もええって言ってるけど、一日二千円渡してくるねんな」と母は言葉を切り「でもなこういうことやで、出てった子どもを待ってる場所もないんよ」と続けた。「お母さんな、勝史君が今どうなってるかって、めっちゃ心配やねん。いなくなって何日も経って」元気でいるといいけどと答えると、私にとってもたった一人のウオだったたと思った。

「あいりいの残していった服着させてもらってます。本当に昼のお風呂の水がきれいね」と書かれたLINEがイブさんから届く。いつまでいるんだろう、私の知ってる窓から虹の波ができて、肌は赤白く水泡はイブさんの上を影になって漂っているだろう、体に通すように光を浴びる。ウオに手紙でも書いてあげられたらいいのに。差出人の住所もなく郵送したとして、受け取られなければ封筒は箱舟で、短い間どこまでか必死にさまようだろう。

電車を待ちあちらのホームと向かい合っている、目前の男はひるがえる、大きなワッペンがついたリュックを体の前に抱えている。乗り込むと若者が多くて不思議だった。となりは参考書とプリントを見比べており、今日もどこかで資格試験があるのだろう、窓からは高く掲げられた十字架が見えた。街は色とりどりで砂利みたい、にじんで見える。目が悪いからな、遠近感も下手だしな。

ゲストハウスの洗濯機を開くと誰かの洗濯物がまだ入っていて、洗い終わったものが渦を巻き色は分かれて、形もなくねじれていた。早く来て乾燥機に入れ替えてほしいと思いながら、鏡の前で携帯でも見て待っている。簡易的な棚に、古い文庫本が重ねられており一番上のをめくってみる、角はもうどろどろになっている。児童書を読んでいる頃は、作者なんていう概念はなかったな。しおりとしてどこかの、パビリオン観覧券が挟まっている。EXPO'70と看板を掲げたコンクリートの建物の写真だ、大阪万博か、と思って戻す。人数が少ない所とか、オーナーが輪の中心に立ってくれる宿だと話しやすいんだけど、ここはそれぞれ目を合わせないタイプのゲストハウスのようで、私をいないものとして入って来た太った女は有料の乾燥機の扉を開いた。

店主が距離を近過ぎるほど詰めてくる所もあり、そういう時私は大学の体育の授業の、私たちと同じくらいに若く見えた体育教師を思い出す。グループを毎時間変えます、全員が全員と、夏までに話せるようにします。誰も閉めない、小さく開いた窓には雨が降り込んでおり、これだけが外との繋がりのように感じてずっと見ていた。沼みたいなにおいが少しする、白線の雨は吹かれて、ドラマのような雑な降らし方だった。高台にあるので森は点在して見え、広く流れる同じような平面ライトたち、左の光らない方には何もないのか。「あのさ」という声が聞こえ見上げると太った女が指差している。あ、どうもと返事をして、立ち上がる。女は「洗濯機待ってるならこれ、窓辺に文庫本が並んでるでしょ。これ待ってる人数と順番だから、そういう制度だから」と言って出て行ってしまい、丸みを帯びた背中の残像だけが残った、モーパッサンがあったのでそれを最後尾に置いた。

ベッドには新しいシーツがたたんで置いてあり、そのハリのあるのをマットレスの端から折り込んで敷いていく。横たわり、袋からさっき買ったレーズンパンを取り出して寝たまま一口かじる。共有スペース以外では飲食禁止だけど、カーテンを引けば誰にも見えない。起き上がり、生ハムの薄いパッケージも開いて野菜スティックに巻き食べていく、ベッドの柱のささくれにレジ袋を吊るしてゴミ箱にする。今日の明け方見た夢を思い出す。家族四人で食卓を囲んで、足もとにはそれぞれが根を張っている。食パンにはツナペーストがのせられていてみんな無言の中嚙む音だけが混ざっていき、それは気付いてしまうと耐えられない沈黙で、でもずっと一緒にいるので話す内容などなく、私は耐えきれず、ツナを振り落としながらパンだけを次々にみんなの皿から奪い続々と飲み込んでいく夢だった。根か、性的だな。

道の壁画が修復してあって、透明な液体がきちんと目立ちながら間を繋いでいる。千里に送ったLINEが既読になったので電話をかけてみる。耳に当てているのが怖いので、コール中は離して画面を見ておく。もしもし、とくぐもった声が聞こえた。「もしもし千里、久しぶり、久しぶりだね、私も忙しくてさ。大変だったからまた聞いてよ」「今どこ?」「上野の方」そうなんだ、と千里は言い、少し時間が経った。「じゃあさ、あの蔵前の定食屋入ろうとしてるとこだけど来る?」急いで行く、と返事する。駅の構内などを最短距離で地下に潜って移動して向かい、店の扉の前に立った。窓が多い店なので奥までよく見える。千里の後ろ姿、向かいに座っているのは、たぶん飲み会でとなりにいた飛鳥だ、二人用の席にいるけど、どこに座れるだろう。唇の乾燥が気になった。飛鳥が笑顔でこちらを指差す、仕方なく店内に入る。千里と飛鳥の前にはミックスフライ定食みたいなのが二つ、湯気を揺らして並んでいる。熱い、混じったにおいで気持ち悪かった、私だけが大荷物だったが、降ろして置かない。店内は暑いから汗が顔に浮いてきて、人の前だと口も満足にきれいな形にできない。こんにちは、と言うと飛鳥は見上げてあいさつを返した。千里が着ているのは何回も、私のと洗濯した紺色のニットだ。絞られて、絡まり合っていたのに。「今一緒に住んでるんだ」と、千里が飛鳥を指五本向けて示した、飛鳥は嬉しそうな顔をした。「どこに?」と聞くと飛鳥が「私の部屋が手狭だったんで、二人で選んだんです」と言った。動きで、丸く開いた服の胸もとから鎖骨にかけて、まだ青く光る打撲の痕が散り散りに広がっているのが見えた。小さいから、つねられたのかな、服の下にもきっと傷はあるだろう、分からない。家があるなら、そこで気にせず大きな音を立てて、殴られているのかもしれない。千里の顔、飛鳥の鎖骨のアザを交互に見るとアザは体から湧く光みたいで、同じような手首を見るけど、私のは薄茶色いシミだからもうそんなに浮き出てこなかった。「何で？」と聞く声は細く、頼りないものになってしまった。別れの時にはこんなに、恥ずかしいと思うのを忘れていた。千里は意外そうな顔をして飛鳥を見、何でだろう、と微笑んだ。愛は似ていても混じらない、細く破裂するそれぞれの柱だな。冬の昼の低い日差しが、私たちにもれなく当たる。あなたの首筋が一番好き、自分のは見たことない、と思いながら、私は千里の前にある定食の、広い皿に素早く手を伸ばす。肺から冷たくなり、それが抜けていきふくらはぎ辺りからまた流れる、なぜ震えるのは手指からなのだろう。大きく握り潰すとこれはメンチカツだ、よく分かる。お姉ちゃん、この前アニメの中でヒヨコが仲間とテントで暮らしてて俳句教室が大好きで、毎回レッスンを楽しみにしてるっピー、っていう台詞で泣いたよ、斜め掛けの鞄が水筒の紐と、胴の前でバッテンになっててさあ、お姉ちゃん。飛鳥は体を硬くし、千里がこちらに身を乗り出す。私じゃない女の体は皆柔らかそうな、可愛い板だ。ひるがえる手で、姿勢を後ろに少し反らして避けている飛鳥の胸もとを触る、呼吸が浅くなる。なめらかな肌があるだけでこんなに似ていて、触れ合う部分が冷たくなった。飛鳥にめり込む指が応援の気持ちだったことは伝わらなかったかもしれない。頑張れって、言ってないものな。触れるのではなく手は握り合った方が、分かりやすかったかもな。関係なんて聞かなければ分からない、説明しても仕方のないものじゃないか。あなたも私も守らなくてもいいものを必死に握って、いつか霧散する群れなのに、砂なのに。その肌で拭いてしまったので、もう一度皿の食べ物に手をめり込ませる。千里が何か怒鳴り飛鳥を腕で守る、どうせ殴るくせにと考えながら手で千里の襟ぐりを掴んだ。掴む、は何で手偏に国なんだっけ。「あんたみたいに誠意のない人間とよくセックスしてくれる人がいるね、今度見せてよ」と声を出す。襟の細かい繊維に指と食べ物がすり込まれる。千里が汚いものみたいに腕を振りほどく、いろいろついているものな。鼓膜が張る。何か言われる前に私は早足で出口に向かった、明るい陽を浴びて、建物全体が閉じ込められている。

決まっていない帰り道だ、手にはまだ赤黒いソースなどついているので、洗わなくてはならない。どこで?目の端に小さな影が見えた、ウオだ、あの日羽織っていたグレーのフリースだ。対流する人波をかき分けて走る、すれ違う、どこかへ押し出されて行く人から舌打ちが聞こえる。壁を蹴るようにして道路を走り抜き、潮の満ち引きのように照らされる動き。下着がずれるので直す、ウオ、と叫んだ。ウオは大きく振り返って、前に向かって何か送り出すみたいにこちらへ片手を伸ばした、そして元向いていた方向へ駆け出してしまう。岩が荒く組まれた民家の壁に手をなすりつけながら走り食べ物を落とす。地面は揺れている気もした。追いかけるのなんて久しぶりで、斜め、遠くのもの、迫ってくるのが不思議だ、呼吸で胸が膨らみ、その圧力で満ち満ちる。脚が変な姿勢で寝た後みたいに痺れ、短くなっているような気がする、景色が引き離されずれていく。どこにも固定はない、私に捕まっても喜ぶわけない。蜂の越冬を、かわいそうに思うのと同じだろう。途中墓が密集している所に入り込み、ウオだけが動いている、その体から小銭の音がする。木が大きくこちらに傾いている。通り過ぎる墓たちはすき間なく並んでいるけどこんなに乾燥した地面、他の人の土台は踏んでもいいのかな。長々と言葉が彫り込んである石たちは、ウオから見るとビル街みたいだろう。囲われただけの小さい岩、あちらへ渡す軽い木の橋は踏むと裏返ってしまう。それぞれに枝や若葉が挿してある、突き出す筒に足を取られそうになった。ウオの背中は誰のもの？黄色の看板も赤い樽も、街が陶器みたいになっていく。住宅街に入る、なぜどの玄関にも段があるのだろうと不思議に思った、上がれない人も多いじゃないか。小さな影が、そこでいきなり音を立てて静止する。耳に入ったイヤホンが燃える火みたいに光った、私はその顔を横目にも見ずに抜き去る、手は大きく振るフォームになった。どうしよう、いつも声を上げられなくて。周り、歩いているのは子どもばかりに見える、私も手を握ってあげなくてはいけない。今、熱いけれど頭に何も注がれていない。内部、囲っているのは体だけでせいせいする、膨張していく。

初出
「ここはとても速い川」群像　二〇二〇年一一月号
「膨張」群像　二〇二〇年七月号

井戸川射子（いどがわ・いこ）

一九八七年生まれ。関西学院大学社会学部卒業。
二〇一八年、第一詩集『する、されるユートピア』を私家版にて発行。
二〇一九年、同詩集にて第二四回中原中也賞を受賞。
著書に『する、されるユートピア』（青土社）。本書が初の小説集となる。

装幀　六月
装画　小林夏美

ここはとても速《はや》い川《かわ》

二〇二一年　五　月二八日　第一刷発行
二〇二一年一二月　七　日　第二刷発行

著者――井《い》戸《ど》川《がわ》射《い》子《こ》

発行者――鈴木章一

発行所――株式会社講談社
東京都文京区音羽二―一二―二一
郵便番号　一一二―八〇〇一
電話　出版　〇三―五三九五―三五〇四
　　　販売　〇三―五三九五―五八一七
　　　業務　〇三―五三九五―三六一五

印刷所――凸版印刷株式会社

製本所――株式会社若林製本工場

ISBN978-4-06-522515-8